Uma Mulher Vestida de Sol

Ariano Suassuna

Uma Mulher Vestida de Sol

Prefácio
Hermilo Borba Filho

Ilustrações
Manuel Dantas Suassuna

Edição XI

EDITORA
NOVA
FRONTEIRA

Copyright © 2022 Ilumiara Ariano Suassuna

Copyright das ilustrações © 2022 Manuel Dantas Suassuna

Direitos de edição da obra em língua portuguesa no Brasil adquiridos pela Editora Nova Fronteira Participações S.A. Todos os direitos reservados. Nenhuma parte desta obra pode ser apropriada e estocada em sistema de banco de dados ou processo similar, em qualquer forma ou meio, seja eletrônico, de fotocópia, gravação etc., sem a permissão do detentor do copirraite.

EDITORA NOVA FRONTEIRA PARTICIPAÇÕES S.A.
Rua Candelária, 60 — 7º andar — Centro — 20091-020
Rio de Janeiro — RJ — Brasil
Tel.: (21) 3882-8200

Imagens de capa: Manuel Dantas Suassuna

Dados Internacionais de Catalogação na Publicação (CIP)

S939r   Suassuna, Ariano, 1927-2014
        Uma mulher vestida de sol/Ariano Suassuna. – Prefácio de Hermilo Borba Filho – 11. edição – Rio de Janeiro: Nova Fronteira, 2022.
        216p.; 13,5 x 20,8cm

        ISBN 978-65-5640-340-3

        1. Literatura brasileira. I.Título.

CDD: 869.2   CDU: 82-2 (81)

André Queiroz – CRB-4/2242

*Nas pessoas de José Laurenio de Melo e Hermilo Borba Filho,
dedico esta peça a todos os meus companheiros
do Teatro do Estudante de Pernambuco.*

Sumário

O Dramaturgo do Nordeste	9
Nota do Autor	13
Primeiro Ato	25
Segundo Ato	87
Terceiro Ato	143
Nota Biobibliográfica	205

O DRAMATURGO DO NORDESTE

Hermilo Borba Filho

Uma Mulher Vestida de Sol é uma peça importante, não somente pelos seus valores próprios, mas também porque, historicamente, é a primeira grande tragédia produzida no Nordeste. Escrita para um concurso promovido pelo Teatro do Estudante de Pernambuco, em 1947, e classificada em primeiro lugar, a peça deu-nos, então, a medida quase certa daquele que seria o maior dramaturgo brasileiro da atualidade. Falo como uma coruja, porque Ariano Suassuna entrou para o teatro com uma peça curta — *Cantam as Harpas de Sião* — lançada na barraca do Teatro do Estudante e a sua primeira obra escrita, precisamente *Uma Mulher Vestida de Sol*, surgiu, também, por meio desse grupo que praticou heroísmo na década de 40.

Chegava Suassuna para comprovar tudo aquilo que pregávamos e, se para nada mais tivesse servido o TEP, teria servido para revelar um autor de características universais como ele. Escrevi, naquela época: "Tenho a impressão de que o Nordeste encontrou em Ariano Suassuna o seu poeta dramático mais capacitado para transformar em termos de teatro os seus conflitos e as suas tragédias." O futuro, já agora presente, confirmou tudo.

Numa entrevista para a *Folha da Manhã* o dramaturgo corroborou, em 1948, a identidade dos nossos pontos de vista:

"... o que fiz foi tomar um romance popular do sertão e tratá-lo dramaticamente, nos termos da minha poesia — ela também filha do romanceiro nordestino e neta do ibérico. O romance escolhido foi o de José de Souza Leão. Conhecia-o em duas versões. A que preferi foi uma que eu ouvi em pequeno em Taperoá. A história é simples e trágica: um coronel, enciumado do amor da filha por José de Souza Leão, mata-o, sendo por sua vez morto pelo pai do herói. É uma das histórias que se cantam nas feiras, cada uma delas um esboço de drama. Procurei conservar na minha peça o que há de eterno, de universal e de poético no nosso riquíssimo cancioneiro, onde há obras-primas de poesia épica, especialmente na fase denominada do pastoreio. Minha maior alegria seria ver o meu drama representado para o povo — vê-lo voltar à sua origem. Porque na verdade muito pouco interessa o indivíduo, aí. É o povo o criador e procurei somente deixar-me impregnar do profundo sentimento poético do povo do sertão — talvez a terra mais trágica do Brasil."

Compreenda-se, agora, a razão do meu orgulho, porque tanto eu — o teórico de um teatro de essência popular, com algumas experiências dramáticas — como Ariano Suassuna — o realizador desse teatro — continuamos fiéis ao espírito da terra nesses longos 16 anos.

Uma Mulher Vestida de Sol foi escrita em 1947, quando o autor era protestante e reescrita em 58, sete anos depois de sua conversão ao catolicismo, quando ele dominava totalmente os seus meios de expressão. Por isso, o caráter puritano da primeira versão diluiu-se e a peça ganhou uma atmosfera de amor e violência comparável à das elisabetanas, principalmente com as de John Ford, um dramaturgo que, como Suassuna, une os elementos sangue, honra, família, incesto, nas exatas medidas dramáticas. E aqui ainda o autor da *Mulher* obedece fielmente à tradição clássica elisabetana quando joga, dentro da atmosfera trágica, a comicidade do Bacharel Orlando de Almeida Sapo e do Delegado de Polícia, figuras ridículas e chãs, mesmo poéticas, em contraste com a estrutura dos demais personagens; e quando, também, alterna o uso da prosa e do verso.

É curioso que o então protestante Ariano Suassuna se tenha valido precisamente deste trecho do Apocalipse de São João: "Depois apareceu no céu um grande sinal: uma mulher vestida de sol, que tinha a lua debaixo dos seus pés, e uma coroa de doze estrelas sobre a sua cabeça; e, estando grávida, clamava com dores de parto, e sofria tormentos para dar à luz." Curioso porque quase todos os intérpretes católicos encaram essa mulher como um símbolo da Igreja. "A Igreja sofre em todos os tempos, mas, no meio dos seus sofrimentos, continuará sempre a dar à luz filhos espirituais para Deus."

Suassuna pressentiu a Igreja, caiu nela e, entregando-se, juntou a ela a sua arte: feita de pedras, animais, árvores ressequidas, couro, sol — o sertão — e cangaceiros, *amarelinhos*, padres, juízes, prostitutas, palhaços, contadores — a humanidade —, para a formação do mais vigoroso teatro que encarna o real espírito do Nordeste e do povo dessa região.

Nota do Autor

Uma Mulher Vestida de Sol foi a primeira peça que planejei e escrevi, iniciando com ela meu trabalho de autor teatral. Escrevi-a em 1947, para um concurso instituído pelo Teatro do Estudante de Pernambuco; e, não me agradando completamente a forma primitiva, reescrevi-a dez anos depois.

Na primeira versão o que me agradava era o aproveitamento das "excelências" e dos cantos fúnebres, o tom poético e mesmo a forma de alguns versos entremeados à prosa; mistura que conservei nesta segunda, por julgar esse o meio mais eficaz de atingir a verdade teatral da peça, que procurava.

Juntam-se, assim, em *Uma Mulher Vestida de Sol*, as palavras escritas por um rapaz de vinte anos às que resolveu acrescentar um homem de trinta. Já fui acusado, por alguns críticos, de não respeitar, em minhas peças, a unidade do estilo, a harmonia, segundo eles, indispensável às obras de arte. Se pensam isso das peças que escrevo de uma só vez, o que não dirão desta reunião dos escombros resultantes de duas catástrofes, ocorridas com dez anos de intervalo?

Não importa. Continuarei a acreditar sempre que, em arte, a ideia de "harmonia" tem que ser aprofundada até a união dos contrários, grande lição da corrente tradicional brasileira, desde o Barroco colonial e mestiço até os dias atuais. Creio, também, que, se não tenho unidade aparente, se sou receptivo a todas as dissonâncias, é que trago dentro de meu sangue essa característica popular, brasileira e barroca, de união harmônica de termos antinômicos: amor da natureza e amor da morte; elementos clássicos e românticos — principalmente o humorismo romântico, marcado pela demência e pela morte; o flamejante e selvagem unido à sobriedade; o monstruoso e o medido; o movimento da loucura e o hierático; o real e o mítico; o universo desmedido e coleante da natureza opondo-se às geometrias dos homens. Creio também que é a fidelidade a esse sangue popular brasileiro que revela a unidade profunda de obras aparentemente tão diversas quanto a de Aleijadinho e a de Francisco Brennand; a de Gregório de Matos e a de Carlos Drummond de Andrade; a de Euclydes da Cunha ou Guimarães Rosa e a de Machado de Assis; a de Sylvio Romero e a de Gilberto Freyre; a de Padre José Maurício e a de Villa-Lobos; a de Martins Pena e a de Antônio José, o Judeu; a de Mathias Aires e a de nossos pintores barrocos dos séculos XVI, XVII e XVIII.

É por isso que tenho ouvido para todas as vozes. Daí não aceitar, nunca, os rótulos que querem me impingir e pretendem sempre explicar o homem que sou por um determinado aspecto de minha pessoa. Baseados em palavras que proferi — e cujo sentido, quase sempre, só captam pela metade — têm-me rotulado, por exemplo, de dramaturgo popular. O fato é, aliás, explicável, porque, na maioria dos casos, as pessoas que assim falam só conhecem, de meu trabalho de escritor, as duas ou três peças já montadas no Sul. Ignoram, por exemplo, toda a minha poesia, inédita ou somente publicada aqui e ali, em suplementos literários e revistas.

Serei eu, na verdade, um escritor "popular"? Sim, às vezes, desde que se entenda esta palavra num sentido menos ilegítimo do que aquele em que vem sendo empregada pela crítica brasileira. Mas às vezes sou também, mesmo no meu teatro, um poeta; bom ou mau, não importa, mas poeta; e poeta que, mesmo nas peças "populares" — como na *Farsa da Boa Preguiça*, por exemplo —, lança mão do recurso de versos que não são populares para dizer o que precisa, antinomia ainda barroca e brasileira e que já foi notada, a respeito daquela peça, por César Leal.

Não renego, portanto, de modo nenhum, *Uma Mulher Vestida de Sol*. É uma obra de juventude, reescrita depois, mas, como autor — não posso ser meu próprio crítico —, creio ter dado unidade à sua aparente desarmonia. Acredito mesmo ter sido isso que Hermilo Borba Filho esclareceu quando a aproximou das peças elisabetanas. Juntamente com *João Sem Terra*, do mesmo Hermilo Borba Filho (também escrita naquele ano de 1947), foi esta a primeira peça, do ciclo atual da dramaturgia nordestina, a tratar do problema camponês em tom não dirigidamente político (que não me interessava então, nem me interessa agora, que está na moda), mas que procurava ser total e humano e que, por isso mesmo, compreende inclusive o político. Foi por isso que, numa entrevista já citada por Hermilo e dada ao jornal *Folha da Manhã*, em 21 de janeiro de 1948, eu afirmava, a propósito de *Uma Mulher Vestida de Sol*:

> "Quis também que, além da verdade poética e dramática, tivesse a peça sua verdade social. Assim, coloquei um drama humano — o de Rosa, Francisco, Joaquim etc. — dentro da grande tragédia coletiva do sertão, a luta do homem com a terra queimada de sol. Uma terra que não permite torres, de marfim ou de qualquer outra coisa, porque exige mais do que concede, habituando seu povo ao trabalho repartido e honesto."

Não deixa, portanto, de ser curioso, para mim, ver-nos acusados de "dramaturgos irresponsáveis e alienados", inclusive por alguns dos que se enfileiraram, depois de nós, pelos caminhos abertos pelo Teatro do Estudante de Pernambuco.

Uma Mulher Vestida de Sol era, ainda, minha primeira tentativa de recriar o romanceiro popular nordestino. Numa conferência escrita no ano seguinte, 1948, e publicada por partes em 1949, no suplemento do *Jornal do Commercio*, eu salientava a semelhança existente entre a terra da Espanha e o sertão, o romanceiro ibérico e o nordestino. Como dramaturgo e poeta, sofria, naquele tempo, aos vinte anos, a influência dos poetas e dramaturgos ibéricos, e era nesse estado de espírito que escrevia, comentando um romance ibérico e comparando-o com os sertanejos:

"O ambiente noturno em que se passa a tragédia (de Dom Bernal Francês) é puramente ibérico, assim como o tema da volta da guerra, comum na Península, ao tempo em que se combatiam os mouros. A hora comum no romance sertanejo é a tarde, presente mais através do espírito *empoeirado* das pegas-de-boi do que mesmo através de referências. Há uma identificação completa entre o autor e seu povo e o ambiente local está sempre presente. Aliás, este é um traço peculiar ao clássico. Os poetas eruditos de Portugal e da Espanha, na era clássica, eram apenas 'cantadores promovidos'. E nunca como no tempo de Lope de Vega, Gil Vicente, Camões, a poesia foi para o povo uma coroa de suas inclinações, forjada nos seus anseios e bebida nas suas fontes... O gênio mergulhava nas fontes de seu povo, trazendo de suas profundezas o *Auto de Mofina Mendes* ou as glosas de Camões, numa soberba recriação que novamente as revela ao seio materno e nutriz — a mesma alma popular... Outro aspecto do romance nordestino, seja o de sobrevivência (ibérica), seja o rigorosamente nacional, é o seu caráter dramático, tomada a palavra *drama* no seu sentido de *espetáculo*. O romance de *Dona Maria e Dom Arico* é uma mostra típica deste caráter dramático do romance nordestino... Já os romances da fase do pastoreio prestam-se mais ao teatro de bonecos. O manancial é riquíssimo.

Se as histórias da Zona da Mata fornecem ótimo material para a farsa, as do Sertão são fontes de tragédia. Os touros, a vaca do Burel, a onça da Malhada, são personagens trágicos, cheios de beleza."

São também destes anos de 1945-46-47 e 1948 meus primeiros poemas escritos com fundamento no romanceiro popular, como "Os Guabirabas" — do qual só resta um fragmento, "Encontro", publicado na revista *Estudantes* —, "A Morte do Touro Mão-de-Pau", "A Barca do Céu" etc. Neles, ainda por influência do romanceiro hispânico, usava a rima toante; mas, já procurando andar com minhas próprias pernas, não usava a quadra ibérica e sim a sextilha ou a monorrima sem estrofe, ambas, formas sertanejas. A primeira estrofe de "A Barca do Céu", poema publicado na *Folha da Manhã* de 21 de novembro de 1948, era a seguinte:

Antigas formas de pedra
no velho vento voavam.
O mar sangrava na noite
por mil feridas sagradas
donde as estrelas subiam
como fulgores de espada.

Mas logo depois de terminar *Uma Mulher Vestida de Sol* apercebi-me de que, se quisesse criar dentro de um sentido verdadeiramente brasileiro, teria de deixar de lado mesmo os mestres que mais amasse — assim como tinha ido procurá-los em busca de horizontes mais largos do que os fornecidos pelo regionalismo. E, no Rio de Janeiro, em entrevista dada ao *Correio da Manhã* em março de 1948, declarava:

> "A minha peça está cheia de defeitos. Hoje, é fácil ver isso. Não pude me libertar, por exemplo, da influência dos autores espanhóis — Calderón, Lope, Rafael Alberti, Casona, Lorca principalmente. Entretanto estou tentando corrigir os defeitos da primeira vez."

Essa *correção* que, como um escolar temeroso, eu já prometia, só terminou dez anos depois, com a versão que ora se publica; mas posso dizer que terminou e que, em minha poesia e em meu teatro, tenho hoje meu próprio modo de escrever. É claro que ninguém tira tudo da própria cabeça: creio mesmo que há pouca gente, no Brasil, entre os escritores, tão disposta a proclamar sua gratidão e suas dívidas a tantos mestres como eu. Mestres da mais variada natureza, desde os clássicos a poetas populares e romancistas de segunda categoria: e nem sempre a desses últimos é a menos profunda. Tendo, porém, minha própria personalidade, meus próprios meios, meus próprios defeitos, tiro daqui e dali, mas, bom ou mau, o resultado é meu. Por isso não posso ver também, sem espanto, intelectuais, alguns deles ligados ao governo franquista pelo prato de lentilhas das bolsas de estudo, chegarem da Espanha falando, como se se tratasse da última das novidades, do romanceiro ibérico. Alguns são poetas e passam a fornecer, como poesia brasileira agressivamente nacionalista, as rimas toantes dos romances espanhóis, devidamente mastigadas para seus débeis queixos pelo grande poeta que foi García Lorca. O que mais me espanta porém é, em primeiro lugar, que não tenham a generosidade de confessar a fonte onde bebem; em segundo lugar, que não se apercebam do servilismo que sua poesia representa diante de uma cultura estrangeira; em terceiro lugar, que não procurem, como bons escolares, corrigir seus trabalhos, procurando uma forma pessoal; e, em quarto e último lugar, o que mais me surpreende é ver que exatamente alguns dos ex-franquistas — hoje progressistas, amanhã marxistas ou católicos, de acordo com a direção de que o vento sopra — têm o desplante de se juntar ao primeiro coro, acusando-me de alienado da realidade brasileira, de reacionário etc., a mim, que nunca me vendi — por ser naturalmente, sem esforço, fiel a essa realidade — por bolsa nenhuma, por viagem nenhuma, por tradução nenhuma, seja do Leste seja do Oeste, seja imperialista, ditatorial, colonialista ou simplesmente antipática a meus humores de ressentido.

Finalmente, quero esclarecer que resolvi publicar esta peça, apesar de ser ela ainda inédita no palco, para dar a conhecer, aos que se interessam por meu teatro, a peça por onde comecei e que ficaria, de outro modo, para sempre na gaveta. É uma espécie de tragédia nordestina, e assim, para esses que gostam de meu trabalho de escritor, será uma oportunidade de travar conhecimento com este outro aspecto dele, desconhecido para a maioria.

E aqui fico, esperando que, daqui por diante, a peça fale por si mesma.

(1964)

A.S.

PERSONAGENS

Cícero

O Delegado

O Juiz

Martim

Caetano

Gavião

Manuel

Rosa

Donana

Joaquim

Inocência

Antônio

Inácio

Joana

Neco

Francisco

Primeiro Ato

Cícero

E viu-se um grande sinal no Céu, uma Mulher Vestida de Sol, que tinha a Lua debaixo dos seus pés, e uma Coroa de doze Estrelas sobre a sua cabeça; e, estando prenhada, clamava com dores de parto, e sofria tormentos por parir.

A casa de JOAQUIM MARANHÃO e a de ANTÔNIO RODRIGUES *separadas por uma cerca que divide o palco, do proscênio ao fundo, perdendo-se aí. Nesta cerca uma porteira, que serve a uma estrada. Como nas fazendas sertanejas há, às vezes, Capela com cemitério, a casa de* JOAQUIM *deve, se possível, ter uma, a ela conjugada. Em cena, estão sentados, imóveis, segurando rifles perto dos joelhos,* MARTIM, GAVIÃO, CAETANO *e* MANUEL, *os dois primeiros do lado de* JOAQUIM, *os dois últimos do de* ANTÔNIO. *A luz está baixa e entram o* JUIZ *e o* DELEGADO.

O Delegado

Proclamação do Bacharel Orlando de Almeida Sapo, Juiz de Direito desta comarca, em virtude da lei etc. etc.

O Juiz

Aqui é o sertão, um tabuleiro de serra do sertão. O sol de fogo de dia e o frio da noite, pedras, bodes, cabras e lagartos, com o sol por cima e a terra parda embaixo. Mas nem por isso os homens que aqui vivem estão subtraídos ao poder da lei.

O Delegado

Em virtude da questão de terra surgida entre Antônio Rodrigues, Senhor das Cacimbas, e Joaquim Maranhão, Senhor da Jeremataia, o Bacharel Orlando de Almeida Sapo, Juiz de Direito desta comarca, em virtude da lei etc. etc., avisa que qualquer um dos dois que transgredir a lei que proíbe matar os outros, sofrerá o castigo merecido, seja qual for seu poder ou sua grandeza.

O Juiz

Vim por uma estrada parda, por entre pedras calcinadas e escorpiões, arriscando a vida diante das cobras cascavéis e das corais de cores radiosas, com minha toga preta enfeitada de debruns vermelhos, como se fosse um juiz judeu ou um rei exilado no deserto! Vim dizer que, nesta terra, semelhante àquela em que o fogo divino gravou na pedra as palavras da Lei, ninguém pode matar o outro. Também vim avisar que o domínio e a possessão da terra pelos homens só podem ser resolvidos sob o chicote da lei.

O Delegado

O querelante Joaquim Maranhão ocupa esta terra de pastagens altas para o seu gado, suas cabras, seus carneiros. O querelante Antônio Rodrigues diz que a terra é dele, e ameaça derrubar esta cerca, erguida pelo outro para garantir sua posse. Os dois querelantes construíram suas casas uma ao lado da outra; um, para garantir melhor a cerca que construiu, o outro, para melhor ameaçá-la.

O JUIZ

E a questão assume um sentido tanto mais terrível porque os dois senhores de terra são cunhados e armaram o braço de seus homens, o que vem repetir, nesta terra de fogo onde o acaso me colocou para julgar, a sangrenta querela de Abel e Caim, com seus carneiros e ódios invejosos. Aqui estão o homem da lei e o homem da guerra para garantir o julgamento. *(Mais baixo e menos pomposo ao DELEGADO.)* Senhor Delegado, quem é Caim, no caso?

O DELEGADO

(Também baixo.) É Joaquim Maranhão, Senhor Juiz. É um homem perigoso. Eu, se fosse o senhor, julgava essa questão logo a favor dele, porque senão ele pode nos matar. Antônio Rodrigues é bom, não é homem para matar ninguém; assim, é melhor julgar contra ele.

O JUIZ

Ainda temos tempo de examinar tudo com cuidado. Enquanto for possível, mantenhamos pelo menos as aparências. *(Alto.)* Quero avisar a Antônio Rodrigues, Senhor das Cacimbas, que, como Joaquim Maranhão, seu cunhado, detém atualmente a posse da terra contestada, há uma presunção em favor dele, e a referida posse tem de ser respeitada até prova em contrário, de acordo com a cláusula *uti possidetis*. Senhor Delegado, aguardemos os acontecimentos. O senhor, homem de guerra, vá se hospedar na casa do homem da paz. Eu, distribuidor da justiça divina, ficarei na casa do guerreiro. Pobreza, fome, seca, fadiga, o amor e o sangue, a possessão das terras, as lutas pelas cabras e carneiros, a guerra e a morte, tudo o que é elementar no homem está presente nesta terra perdida. As minhas são palavras que, como a Lei gravada na pedra, e como todas as palavras fundamentais do homem, "vieram do deserto".

Entra na casa de Joaquim Maranhão.

O Delegado

Essa é boa! Foi logo ficando na casa do homem mais valente e poderoso, para se garantir. E eu, que fique na do homem da paz! Logo eu, que tenho o bucho tão mole! As balas vêm quentes e derretidas, entram nele como uma faca incandescente na manteiga! Mas é o jeito, o poder dele é maior do que o meu!

Entra na casa de ANTÔNIO RODRIGUES. A luz sobe. Os quatro cabras em cena estão se olhando, impassíveis, fumando. De repente, fora, ouve-se um grito.

MARTIM

(Erguendo-se e armando o rifle.) Que foi isso?

CAETANO

(Mesmo movimento.) Alguém gritou.

GAVIÃO

(Mesmo movimento.) Parece que foi na cerca!

MARTIM

Vá ver o que foi! Eu fico aqui, vigiando.

GAVIÃO sai por seu lado, perdendo-se no fundo.

MANUEL

Vá também, Caetano, eu fico aqui, por segurança.

Sai CAETANO, por seu lado, no encalço de GAVIÃO. MANUEL e MARTIM continuam mirando-se mutuamente com os rifles, vigiando-se cuidadosamente. GAVIÃO e CAETANO voltam rindo, com os rifles abaixados.

GAVIÃO

>Não foi nada, foi o vaqueiro que estava aboiando. Que vergonha, esse Caetano! Que sujeito perverso, já queria atirar em mim!

MARTIM e MANUEL abaixam os rifles, desarmam-nos e sorriem.

CAETANO

>E você? Fez uma cara pra meu lado que eu esfriei!

MANUEL

>Eu não, vi logo que só podia ser Antônio Benício, com aquela voz! O aboio dele espanta qualquer um! Vocês é que, tudo o que acontece, pensam logo que Seu Antônio Rodrigues mandou derrubar a cerca! Mas a briga desses dois homens não é para hoje, podemos conversar em paz. Quando uma briga dessas vai começar, a gente sente logo!

MARTIM

>Do jeito que as coisas estão, com esse sol quente, essa poeira, o velame e a malva ressecados pelo sol, qualquer faísca isso aqui pega fogo! Que lugar!

CAETANO

>O sol está vermelho e a terra treme na vista!

MANUEL

    A casa de Joaquim Maranhão parece abandonada, com essas paredes que parecem de igreja.

MARTIM

    Uma casa vive de quem mora nela. Se os moradores vão embora, ela cai.

MANUEL

    No entanto, ainda mora gente aí. Vocês mesmos, não é aqui que estão dormindo e comendo? No entanto, não parece, a gente olha e parece que o povo foi embora, que é uma casa abandonada.

CAETANO

    É por causa da mulher que morreu. Quando um homem faz correr sangue, principalmente o de sua mulher, o sangue marca as paredes para sempre. A princípio vermelho e depois escuro, como manchas do tempo. A casa fica com um ar abandonado, como um cemitério cheio de urtigas.

MARTIM

    Eu, se fosse você, deixava essas histórias de lado. Joaquim Maranhão pode ouvi-lo, e se há uma coisa que ele não gosta é de ouvir falar nessa morte.

GAVIÃO

    Então Seu Joaquim é o contrário de Manuel: este enterra os mortos e por isso gosta de ouvir falar em morte. Os outros matam, e quem lucra é ele, fazendo o enterro.

MANUEL

Como fiz o dessa mulher, que saiu por aquela porta, há quinze anos, entre os cantos e o choro das outras, com os pés estirados para frente.

MARTIM

Você quer saber de uma coisa? Eu, se fosse você, deixava essa história de mão.

GAVIÃO

Será mesmo por causa dela que a casa parece abandonada?

CAETANO

É possível, mas Martim é que está certo. Vamo-nos calar. Deixem a morta no lugar em que ela está. Principalmente do jeito que as coisas estão: um tiro, agora, por uma questão qualquer, isso aqui pega fogo e quem perde somos nós. Deixem a morta no lugar onde está.

GAVIÃO

E será que ela está em algum lugar? Você, que fez o enterro, sabe onde ela anda a essas horas, Manuel?

MANUEL

Sei somente onde estão os ossos. E já é muito, isso, numa terra desgraçada em que os mortos são enterrados no chão duro e a coisa mais fácil é esquecer o lugar onde foi a sepultura. Eu, por minha conta, é que vou marcando tudo. Sei o lugar onde está cada um que enterrei, e hei de marcar ainda o de vocês todos.

GAVIÃO

O meu também?

MANUEL

Seu enterro eu tenho certeza de que faço.

GAVIÃO

Você é muito mais velho do que eu.

MANUEL

E se Antônio Rodrigues resolver botar esta cerca abaixo? Com o tiroteio, você bem que pode morrer antes de mim. E lá vai Manuel enterrá-lo, a você e a muita gente mais, apesar de minha idade. Não é engraçado?

> Sou Manuel do Rio Seco,
> nascido em Taperoá.
> Tanto canto quanto planto,
> rezo, bebo e sei brigar.
> Faça a morte que eu celebro,
> cavo e enterro quem pagar!

CAETANO

> Nascido em Taperoá
> é meu compadre Manuel.

Já enterrou trinta velhas,
moças de capela e véu.
Os defuntos que ele enterra,
vão direto para o céu!

MANUEL

Moças de capela e véu... A daí é que há de morrer solteira! Agora, morrer de capela e véu é que eu não sei se ela vai poder, com o pai tourejando perto.

MARTIM

(Armando o rifle.) O que é que você quer dizer?

MANUEL

(Mesmo movimento.) Espere, você está tomando muito a peito as questões de seu patrão. É ou não é verdade o que se diz de Joaquim Maranhão e de Rosa?

CAETANO

Manuel, cale a boca, não fale mais!

MANUEL

É ou não verdade que nessa casa amaldiçoada se passam coisas contra a Lei de Deus? Primeiro, foi o homem que matou a mulher. Agora, é ele e a filha. Você conhece o romance *A Filha Noiva do Pai*? Dizem que Joaquim está criando a garrota que tem em casa para o touro, pai do rebanho!

MARTIM

    É mentira, cachorro! E cale-se agora mesmo se não quer que eu lhe dê um tiro na boca!

GAVIÃO

    Que é isso, meu irmão? Bote pra lá esse rifle!

CAETANO

    Manuel, você quer que isso aqui pegue fogo?

MANUEL

    Deixe, Caetano, eu quero ver até onde vai esse pinto, brigando com um galo velho como eu! A coisa de que eu tenho mais raiva é desses cabras que se agarram assim aos patrões. Briguem, defendam a terra, está bem, foram pagos pra isso. Mas que é que ele tem a ver com a família do outro?

CAETANO

    Então você não sabe? Esses dois são da família de Joaquim.

MANUEL

    São da família?

GAVIÃO

    Somos, Manuel. Dois parentes pobres, sem pai nem mãe, dois irmãos que, não tendo outro meio de vida, como vocês, fomos chamados para cabras do parente rico e poderoso.

MANUEL

    Então peço que me perdoem. Eu não sabia!

Gavião

Não tem importância; meu irmão está, mesmo, levando isso muito a peito. Por mim, meu parentesco terminou, não tenho ligações de sangue com o homem que aluga o meu.

Martim

Não é motivo para se ouvir brincar com Rosa assim.

Gavião

Brincar com ela, queria eu, que é mulher para um homem se perder nela.

Caetano

De qualquer jeito, parenta ou não, não é mulher para seu bico.

Gavião

E quem disse que é para o meu bico que eu quero essa moça?

Caetano

Cuidado, ela vem aí!

Manuel

Vamos, é melhor vigiar a cerca para o lado de lá.

Saem Manuel e Caetano, em ronda, pela cerca. Rosa aparece no alpendre da casa de Joaquim, com um pote ao ombro.

GAVIÃO

Pronto, aí está a nossa prima. Manuel é quem tem razão. Que coisa! Parece uma garrota! Eu só queria ser o pote que ela carrega!

MARTIM

Cuidado, ela pode ouvir!

GAVIÃO

Melhor ainda seria entrar no pote que ela tem, mas isso seria bom demais para mim! Fico em tempo de morrer, só em pensar! Como é grande e forte!

MARTIM

Ela?

GAVIÃO

O pote. Qual será o de melhor água, o dela ou o outro? Será que ela deixaria eu experimentar, comparando as duas águas?

MARTIM

Não sei, acabe com isso! Vá ver os outros, podem ter ido derrubar a cerca.

GAVIÃO

E você?

MARTIM

Eu fico. Se houver alguma coisa, grito por você.

Sai GAVIÃO.

MARTIM

Rosa! Há três dias você não fala comigo!

ROSA

E de quem é a culpa? Você me tratou mal!

MARTIM

Eu, tratá-la mal? Vivo como louco, escondendo o que sinto por você, obrigado a ouvir dos outros o que quero e o que não quero, à espera de um momento em que possa lhe falar, em que possa pelo menos vê-la. E somente porque a você, somente a você, digo o que sinto, você diz que estou tratando você mal?

ROSA

Já lhe pedi que não falasse mais nisso. E você prometeu.

MARTIM

Prometi com medo de perder até o direito de lhe falar. Prometi esperando que você mude um dia.
É possível isso, Rosa?

ROSA

Não sei. Acho que não.

MARTIM

Que diferença do tempo em que éramos meninos! Você ia passar dias em nossa casa... Naquele tempo, você me tratava bem. Agora, mudou muito!

ROSA

Quem mudou foi você!

MARTIM

    É verdade, estou muito mais pobre! Perdemos a terra e agora estou reduzido à condição de cabra de seu pai.

ROSA

    Você sabe que não é isso o que estou dizendo!

MARTIM

    Felizmente é dele, um parente, e não de outro! E, quando estou me sentindo muito humilhado, posso dizer a mim mesmo que, se estou aqui por necessidade, é por sua causa que fico.

ROSA

    Deixe tudo isso de lado. Para que esses pensamentos tristes? Sou sua prima, sua amiga de sempre. Não estou esquecida de nada.

MARTIM

    Mas seu coração está longe! Você pensa que eu não sei? Sei de tudo, Rosa. Sei por que você não me quer, por que vive pelos cantos, pelos matos, feito um bicho brabo, a ponto de que o povo já começa a falar.

ROSA

    A falar?

MARTIM

    Você sabe como é esse povo. E, no entanto, se eles soubessem... É seu pai, é seu sangue que você vive traindo a cada instante! Porque é do filho do inimigo dele que você gosta, é por ele que você vive esperando.

ROSA

(Baixando a cabeça.) Francisco não tem nada a ver com essas brigas, elas apareceram depois que ele foi embora!

MARTIM

E se ao menos ele gostasse de você! E se ele está no cangaço mesmo, como dizem?

ROSA

É mentira! O que se fala é que ele anda viajando com um Circo.

MARTIM

Outros dizem que ele morreu, que a polícia matou, numa estrada da Espinhara. E se ele tiver morrido, Rosa?

ROSA

Se ele morreu, a vida se acabou para mim. Mas ele está vivo.

MARTIM

E pensar que talvez seja por causa de um morto que você não quer mais nem ouvir falar de mim! Francisco talvez tenha morrido. E mesmo que esteja vivo, não sabe nem que você vive aqui, morrendo por causa dele!

Rosa

Eu sei, sei isso demais, para que estar me dizendo de novo? Que é que você ganha em aumentar meu sofrimento? Francisco não sabe nem que existo, o que é que posso fazer? Mas ele volta! E talvez não esteja longe, o dia. Meu tio mandou chamá-lo, por causa dessa questão. Foi um homem procurá-lo.

Martim

E você se alegra com a vinda de um homem que venha talvez para matar seu pai! Mas talvez aconteça o contrário. Porque se Joaquim Maranhão souber da chegada dele, manda matá-lo antes! Com a situação como está, se ele chegar é um homem morto. Você não diz nada?

Rosa

Não tenho nada a ver com essas mortes por causa de terra. O que eu sei é que minha tia Inocência é a mãe de Francisco e é irmã de meu pai.

Martim

Ontem seu pai disse aqui, para quem quisesse ouvir, que mulher de inimigo era inimiga também. Outra coisa, quero avisá-la: Inocência tem vindo aqui para conversar com sua avó e você. É melhor acabar com isso. Se seu pai avistá-la do lado de cá da cerca, atira nela.

ROSA

    Na irmã dele?

MARTIM

    Você sabe, melhor do que eu, quem é seu pai.

ROSA

    (Saindo ofendida.) Está bem, obrigada.

MARTIM

    Rosa, não me deixe! Fique mais um pouco!

ROSA

    Pra quê? Pra você me insultar a cada instante?

MARTIM

    Peço-lhe que me perdoe, estou sofrendo muito. Tenho um pedido a lhe fazer, Rosa.

ROSA

    Um pedido?

MARTIM

    Se houver briga e eu morrer...

ROSA

    Não haverá briga nenhuma!

MARTIM

    Mas se houver e eu morrer, não deixe minha mãe sair daqui, fique com ela perto de você. Você promete?

ROSA

    Prometo, mas tire isso da cabeça. Nem vai haver briga, nem você vai morrer. *(MARTIM sai, bordejando a cerca, no encalço de GAVIÃO. CAETANO e MANUEL voltam em ronda, como sempre pelo lado da casa de* ANTÔNIO. *Daqui por diante, não se indicarão mais esses movimentos de ronda, cuja necessidade e oportunidade as próprias falas irão indicando.* DONANA *aparece à porta da casa de* JOAQUIM.*)* Mãe!

DONANA

Mãe... Eu bem queria que fosse mesmo!

ROSA

E não é?

DONANA

Não. Mãe de sua mãe. Eu criei você e, depois que minha filha morreu, tomei o lugar dela. Mas não sou sua mãe. Sua mãe era aquela que carregou você aqui nove meses. E sangrou por você.

ROSA

É porque você não gosta de mim como gostava dela.

DONANA

Você sabe que pra mim não há ninguém como você.

ROSA

E eu nem ao menos me lembro direito de minha mãe! Mas você se lembra, não?

DONANA

Uma velha como eu tem sempre de que se lembrar. Não que eu quisesse, mas de vez em quando a gente não pode mais, minha filha, e se lembra sem querer.

Rosa

Eu sei, também não posso deixar de pensar nela, com seus vestidos vermelhos. Junto o que me lembro com o que você me conta, mas o que fica é muito pouco. Não posso saber direito como minha mãe era.

Donana

E quem pode? Ninguém podia olhar para ela direito, era como uma onça ou como o sol. E a casa, com ela viva, era como o jardim, ela cobria tudo de rosas e papoulas vermelhas.

Rosa

O jardim ainda é o mesmo e as flores não morrem, venha a seca que vier. Eu não deixo essas flores morrerem, de jeito nenhum!

Donana

No enterro dela, a terra estava cheia de flores. Eu tinha plantado algumas, mas nasceram outras, sem ninguém plantar. Parecia até que estávamos nos baixios. Mas isso durou pouco, veio a seca e matou tudo! Os baixios! Ali sim, a terra é boa e mansa. Aqui só se vê o sol, a morte, as pedras e as cobras nas estradas! Não tenho mais muitos anos de vida não, minha filha. Se você puder, quero que me enterre lá, na terra de onde vim. Você promete?

Rosa

Prometo, fique descansada. Quanto a mim, quero ser enterrada aqui. Minha terra é esta: dura e seca, cheia de pedras e espinhos, mas quero ficar nela, quando morrer. Minha mãe tinha os olhos escuros?

Donana

Tinha sim, os olhos e os cabelos também.

Rosa

Como eu.

Donana

Mas não era calada como você, era alegre e de sangue bom, como fogo. Você vai para a cacimba?

Rosa

Vou.

Donana

Você acorda e o dia já amanhece com você na cacimba. Você é filha de um dono de terra, e o povo está começando a estranhar seus modos.

Rosa

Na cacimba, quanto mais cedo melhor. Eu desço até a água, sentindo o cheiro do barro acordado. A água, nessa hora, ainda está serenada, fria e limpa do sereno da noite. Eu vou!

Rosa sai e Donana entra em casa. Entra Cícero, vindo pela estrada, ao mesmo tempo que Martim,

Gavião, Caetano e Manuel vêm chegando em sua ronda. Cícero é um velho, com rosários e cajado.

Cícero

Louvado seja Nosso Senhor Jesus Cristo!

Manuel

Louvado seja o Seu santo nome!

Gavião

O povo diz que você dá azar, sabia disso, Cícero?

Cícero

O povo diz muita coisa por este mundo. Eu sou homem de paz e religião.

Manuel

O ano é de seca! Aqui a briga está pega não pega! E você ainda vem agourar por aqui.

Cícero

Que é que você perde com isso? Para você é até bom, morre mais gente e seu negócio aumenta.

Manuel

Seu enterro, eu quero ter o gosto de fazer dentro de pouco tempo.

Cícero

Vamos ver, vamos ver. Talvez, seja eu que cante, no seu, meus benditos e excelências. Ainda hei de viver muito tempo. *(Canta, baixinho, um encantamento.)*

Ora vamos correr ali
as cidades do outro mundo.
E ora vamos correr ali
as cidades do outro mundo.
Quando ele pegou a faca
no chão teve que se deitar.
E ê nanã, eiá! E ê nanã, eiá!
Depois se levantou,
veio pronto pra me furar,
e ê nanã, eiá! E ê nanã, eiá!
Ora vamos correr ali
as cidades do outro mundo.
Ora vamos correr ali
as cidades do outro mundo.

CAETANO

Cruz! Nossa Senhora nos livre de seus agouros! Que é isso que você está cantando?

MARTIM

E por que veio aqui, logo hoje? Se o barulho começar, talvez seja você o primeiro a matarem.

CÍCERO

E talvez seja você também, que pode morrer de tiro ou de faca, porque você é desses cujo sangue tem vontade de queimar, no sol. Joaquim Maranhão está? Ouvi dizer que estava na Espinhara.

GAVIÃO

>Esteve, mas chegou. Donana está em casa, vá perguntar a ela.

Saem os cabras.

CÍCERO

>É aqui. A casa é a mesma, mas a mulher morreu. Eita, que sol! *(Cantando.)*
>
>>— Ó de Casa! — Ó de fora!
>>— Minervina, o que guardou?
>>— Eu não lhe guardei mais nada:
>>nosso amor já se acabou.
>
>>Na primeira punhalada
>>Minervina estremeceu,
>>na segunda, o sangue veio,
>>na terceira, ela morreu.
>
>Eita, que sol!

DONANA

>*(Entrando, do alpendre.)* É você, Cícero? Ouvi você cantar, só podia ser você: acho que ninguém sabe mais essa cantiga, a não ser nós dois.

CÍCERO

    Era o romance que sua filha cantava. Fala de morte e sangue. Coitada, parecia que vivia adivinhando que ia morrer daquele jeito!

DONANA

    Cuidado, se Joaquim nos pega falando nisso, é capaz de nos matar também! Mas, agora, ele está na várzea. Então você também se lembra, Cícero! Eu não posso me esquecer do dia em que ela morreu. Ela estava cantando esse romance mesmo, ali quando fala na morte da moça, quando Joaquim entrou, com a faca na mão.

CÍCERO

    Cuidado, ele vem aí!

Entra JOAQUIM, pela estrada, vindo da várzea.

JOAQUIM

    Meu cavalo está pronto?

DONANA

    Está.

JOAQUIM

    E Rosa?

DONANA

    Foi para a cacimba.

JOAQUIM

    Sozinha?

DONANA

    Sim.

JOAQUIM

    Cuidado com ela. E cuidado com você também, ouviu? A situação está ruim, talvez piore hoje e quero estar seguro de tudo.

CÍCERO

    Ninguém pode estar seguro de nada, num mundo e num tempo como estes.

JOAQUIM

    O quê?

CÍCERO

    Não se pode estar seguro nem da vida nem da morte. Às vezes, vive-se muito tempo, outras morre-se moço, sem que ninguém saiba por quê.

JOAQUIM

    Que é que você quer dizer?

CÍCERO

    Nada.

JOAQUIM

    Não gosto dessas coisas esquisitas, aqui na minha terra. E você tem rosários demais, entendeu?

CÍCERO

    Sou homem de religião, como você sabe, Joaquim Maranhão.

JOAQUIM

    Pois, de religião ou não, vou lhe dar um conselho: arrume suas coisas e vá embora. Isso aqui, hoje, vai pegar fogo.

DONANA

    Joaquim, pelo amor de Deus! Você vai cercar a casa de Antônio?

JOAQUIM

    Ele não mandou chamar o filho? Certamente pensa que me intimida e vai derrubar a cerca. Assim, é melhor atacá-lo antes. Vou queimar-lhe a casa, e, quando eles saírem, atiro em um por um.

DONANA

    Antônio é seu cunhado.

JOAQUIM

    E ele se lembrou disso quando tomou minha terra? Manda fazer uma casa perto da cerca, defronte da minha, para me provocar, e você vem dizer que ele é meu cunhado? Minha irmã quis homem, arranjou esse: está bem, fique lá com ele! Mas, por isso, eu não vou perder minha terra. E tem outra coisa: soube que, quando eu dou as costas, Inocência vem aqui falar com você e Rosa. Não quero minha filha com esse povo não, está ouvindo? Quanto a você, se quiser falar com ela, mude-se para lá e fique de vez. Aqui, em minha casa, não, está ouvindo?

Sai.

DONANA

Viu? É assim, sempre o mesmo homem perverso e perigoso. Se não fosse Rosa, eu já tinha ido embora desta casa há muito tempo!

Entra INOCÊNCIA, vinda da casa de ANTÔNIO RODRIGUES.

INOCÊNCIA

Joaquim saiu para o campo, eu estava olhando por trás da janela.

DONANA

É verdade, mas é preciso cuidado. Desculpe, mulher, mas ele, agora mesmo, proibiu que falássemos com você.

INOCÊNCIA

Eu venho para falar com ele, é preciso que Joaquim se lembre de que sou irmã dele.

CÍCERO

    Ele esquece tudo por causa da terra. Joaquim é como um desses bichos venenosos que moram nas pedras, da cor da pedra e cujo veneno mata.

INOCÊNCIA

    Quando vejo este sol, o milho morrendo sem amparo na terra quente, chega me dá uma agonia.

CÍCERO

    Por mim, já estou habituado. Vi minha mulher e meus filhos morrerem de fome na estrada, quando vim para cá. Já faz muitos anos e é sempre assim. Uma bala, o sol, cobra, uma doença, uma briga, a velhice, e, seja gado ou gente, tudo tem de morrer um dia.

INOCÊNCIA

    E eu, Cícero, estarei melhor? Estou vendo a hora de morrer meu marido e já perdi meu filho, que ninguém sabe, a esta hora, se é vivo ou morto. Cada pessoa que aparece na estrada, penso que é o portador que foi procurá-lo e que vem me dizer que ele morreu. Quantas vezes já vi em sonho Francisco chegando em casa, balançando dentro duma rede que pinga sangue nessa estrada, ou então correndo, com a polícia atrás! Cada volante que passa é uma pancada no meu coração! E agora, por cima de tudo, meu marido e meu irmão, com essa questão de terras. Eu vim falar com Joaquim por isso, já basta de tanta morte. Quando a pessoa morre no tempo, na cama, de doença ou velhice, ainda vá. Mas quando é outro que mata, fica tudo na brutalidade. *(Avistando Rosa, que vem voltando, dirige-se a ela.)* Rosa, minha filha, eu vim falar com seu pai! Você é a única pessoa que seu pai ouve. Veja, eu lhe peço de joelhos!

ROSA

Minha tia, o que é que eu posso fazer?

Entra em casa, desesperada.

DONANA

Levante-se, Inocência!

INOCÊNCIA

Meu Deus, ela nem me ouviu!

DONANA

Não repare, é o medo e é o jeito dela. Rosa é um bicho brabo. É de viver nesses matos, sem ver ninguém. O povo destes altos é todo assim e minha filha foi morta do jeito que você sabe.

CÍCERO

Mulher, deixe de lado o que já passou!

DONANA

E eu posso deixar todo aquele sangue de lado? Quem pode esquecer a morte, vivendo entre estas paredes?

INOCÊNCIA

    Será que Rosa sabe tudo o que se passou?

DONANA

    E eu sei? Às vezes ela diz umas coisas de cortar o coração. É de fazer medo, porque se ela sabe...

INOCÊNCIA

    E afinal, que importa, se ela sabe ou não? O sofrimento vem de qualquer jeito. Todos nós sofremos muito, demais, mais do que o permitido. Eu, por exemplo, sei o que passei, antes de me casar, dentro desta casa amaldiçoada. E depois, será que foi melhor? Vi meu filho brigar com o pai e sair de casa, para nunca mais, talvez para o cangaço, para a morte. Você não precisa me dar desculpa sobre a morte, sobre o sofrimento, sobre os modos de Rosa. É meu sangue, o sangue de Joaquim que está dentro dela. E, de todas nós, foi você a que sofreu mais, vendo sua filha assassinada daquele jeito.

DONANA

    Sofrer, não sei! Aquilo será sofrer? De noite, na cama, tudo calado e de dia a boca da gente pegando fogo, porque não se pode dizer o que quer. Dizer que tudo era mentira!

INOCÊNCIA

    Eu sei, mulher!

DONANA

Minha filha não o enganava, ele matou porque quis, porque ela era alegre e boa e ele não pode suportar isso, sempre ruim, sempre desconfiando de todo mundo. Mas, um dia, ele me paga!

CÍCERO

Foi a vontade de Deus!

DONANA

Aqui só manda a vontade dele! E o pior é que vejo tudo encarnado para a frente, agora com Rosa. Porque ele já começa rondando como um cachorro, em redor dela. Qualquer homem que se aproxima, está ameaçado de morte. Agora, você que viu Rosa, me diga se foi para isso que ela nasceu tão bonita!

CÍCERO

Meu Deus, Joaquim vem aí!

DONANA

Mulher, saia, pelo amor de Deus!

INOCÊNCIA vai sair de junto da cerca, mas JOAQUIM entra antes. Ele puxa o revólver e dirige-se para INOCÊNCIA.

JOAQUIM

Eu não disse a você que deixasse meu povo em paz?

ANTÔNIO *aparece à janela de sua casa, com um rifle na mão. Vendo a cena, dá a volta, sai por um lado da casa e surpreende* JOAQUIM *por trás.*

ANTÔNIO

Joaquim, se você se mexer eu atiro! Ela está na minha terra!

JOAQUIM

(Sem medo.) Mas eu não quero que ela venha cá falar com meu povo.

ANTÔNIO

Então proíba seu povo de vir aqui na cerca quando ela estiver perto, porque, na minha terra, minha mulher anda por onde tiver vontade.

INOCÊNCIA

Eu não vim procurar os outros, vim para falar com você, Joaquim.

JOAQUIM

Não quero ouvir o que você quer dizer. *(Guarda o revólver.)* E você, Antônio! Que vergonha, mandar a mulher na frente para se garantir! Mas eu entendo, ela é minha irmã, é de meu sangue, e quem tem coragem aí é ela! E sabe do que mais? Abaixe esse rifle, não admito provocações de ninguém diante da minha casa!

ANTÔNIO

    Estou na minha terra! Pelo menos daí para cá, você ainda não teve coragem de dizer que era seu!

INOCÊNCIA

    Por que essa briga toda, meu irmão? Você sabe perfeitamente que a terra é de Antônio. Ele tem documentos antigos e isso aqui sempre foi da família dele. Quando meu pai morreu disse isso a mim e a você!

JOAQUIM

    E fui eu que invadi a terra? Foi o gado, mesmo, que, sem encontrar cerca, foi entrando. Ele nunca precisou dessa terra para nada, nunca fez nada nela! Quem derrubou o mato fui eu, quem queimou fui eu. Ainda sinto o cheiro da resina queimada! Quem ajeitou o pasto para o gado? Fui eu! Não vou renunciar a tudo agora.

ANTÔNIO

    E eu não reconheço isso? Tanto reconheço que, apesar da terra de meu pai ser sagrada para mim, já mandei lhe dizer: faço um acordo e abro mão dela. Mandei também dizer ao juiz que concordo em lhe dar a terra que você cercou, contanto que você me dê um pedaço igual, tirando de suas terras lá de baixo, dos baixios.

JOAQUIM

    Só dou a metade! A terra dos baixios é melhor do que a desses tabuleiros que só têm pedra.

ANTÔNIO

    A terra dos baixios é melhor para mim, mas para você, que só faz criar, essa aqui lhe serve perfeitamente, por causa do pasto. O gado que eu crio é pouco, o que me interessa é o algodão e o milho. Assim, não é justo o que você diz. Acredite: por mim, já teria desistido, mas meu filho pode voltar e tenho que pensar nele, como meu pai pensou em mim, defendendo a terra para que eu a encontrasse.

JOAQUIM

    Ah, seu filho... Soube que você mandou gente procurá-lo. Entendi então sua proposta de acordo: o que você quer é ganhar tempo enquanto ele chega. Fique você sabendo que já tomei providências para a chegada dele. Mas será que Francisco vem? Aquele tem sangue de homem, é meu sobrinho. E tendo brigado com você, nunca mais o perdoará. Francisco não bota mais os pés na terra que você pisar.

ANTÔNIO

    O que Francisco pensa de mim não me interessa. Você não tem nada a ver com isso. Nem eu também, de certa forma: goste de mim ou não, devo cumprir minha obrigação, defendendo a terra para ele.

JOAQUIM
>   Eu também tenho que pensar em mim e na minha filha.

ANTÔNIO
>   Você é rico, Joaquim!

JOAQUIM
>   Isso é o que você pensa. Quem sofre mais na seca do que o gado?

INOCÊNCIA
>   Pois discuta tudo com Antônio, sem brigas, como cunhados que são. Para que esses homens armados de lado a lado?

JOAQUIM
>   No dia em que eu desarmar meus cabras, ele bota minha cerca abaixo. E nesse mesmo dia morre, porque eu mato.

ANTÔNIO
>   Vá, então! Continue o que você vem fazendo há anos. Mate, roube, faça o que quiser. Mas eu lhe aviso: minha morte será mais difícil do que as outras que você já fez.

JOAQUIM
>   Que é que você quer dizer?

ANTÔNIO
>   Exatamente o que disse! Mas uma coisa eu quero deixar clara: nisso tudo, o que menos lhe interessa

são os direitos de Rosa. É unicamente por sua causa que você quer me espezinhar, é uma questão de ódio pessoal a mim. O que você nunca pôde perdoar foi Inocência ter casado comigo. Você é assim, e assim ficará até morrer. Foi assim com Inocência, foi assim em casa e está sendo assim, agora, com Rosa.

JOAQUIM

(Enfurecido.) Saia daqui agora mesmo!

ANTÔNIO

Está bem. Mas se houver sangue, ele há de cair sobre sua cabeça. Eu lhe pedi, antes, que tudo se fizesse em paz.

JOAQUIM

Guarde seus conselhos para você mesmo. Quanto ao acordo sobre a terra, mandarei minhas condições pelo juiz. E saia, enquanto é tempo; senão atiro na sua cabeça.

ANTÔNIO

Adeus, mulher. Deus queira que se saia disso tudo sem sangue!

DONANA

Adeus, Antônio, Deus o acompanhe.

ANTÔNIO

Adeus, Rosa.

Joaquim

    Rosa, com Donana não tenho nada a ver, mas você é minha filha, tem meu sangue. Não responda!

    Rosa baixa a cabeça, Antônio e Inocência entram em casa e Joaquim na dele. Pela estrada chegam dois retirantes, Inácio e sua mulher, Joana.

Inácio

    Louvado seja Nosso Senhor Jesus Cristo.

Todos

    Louvado seja Seu santo nome!

Inácio

    Dona, me dê uma esmola para minha família. Se pudesse ser de comida, eu agradeceria muito, desde ontem que a gente não come nada.

Rosa

    De onde vêm vocês?

Inácio

    De longe, moça, nós somos das Vertentes.

Cícero

    Para onde se destinam?

Inácio

    Vamos por aqui, em procura do Juazeiro. Disseram que o governo está pagando aos cassacos para consertar a estrada, vou ver se acho trabalho.

DONANA

Tenho guardado uns pratos de comida. É leite com farinha. Não se tem muito e o povo que pede aumenta cada vez mais, de modo que é o que posso dar.

INÁCIO

O que você trouxer é bom, moça. Eu venho pagar, num tempo melhor.

ROSA entra em casa. INÁCIO senta-se, com JOANA, no alpendre da casa de JOAQUIM.

JOANA

Ah meu Deus! Que sol!

INÁCIO

Eu só penso, mulher, é a gente esmourejar tanto e terminar sem um pedaço de terra pra plantar e comer.

JOANA

Cale a boca, essas terras estão cheias de homens armados. Que será?

INÁCIO

Não sei.

JOANA

Estou com cuidado em Neco, ele já devia estar aqui.

INÁCIO

    Não tenha medo! Ele ficou ali, na cerca. Viu um enxu no oco de uma estaca e disse que ia tirar o mel pra nós.

JOANA

    Estou com medo! Com todo esse pessoal armado...

INÁCIO

    Ele já é quase um homem, fique descansada.

    Entra ROSA, com dois pratos.

ROSA

    Tome, filha de Deus!

INÁCIO

    Dona, Deus lhe pague. No inverno, se eu puder, a senhora recebe tudo isso.

DONANA

    Não é preciso, faz-se o que se pode. Saiu muita gente de sua terra?

INÁCIO

    Muita, quase todo mundo foi embora.

CÍCERO

    A fome é muita por aí afora. A Espinhara está pegando fogo!

INÁCIO

    Dona, eu vou lhe dizer uma coisa: essa terra é amaldiçoada!

JOANA

>Homem, pelo amor de Deus não diga uma coisa dessa! Você não tem medo dum castigo?

INÁCIO

>Os meninos morrendo aos montes e os pais pelas portas, pedindo ajuda, pra fazer o enterro dos inocentes. Agora eu pergunto: isso pode estar certo?

JOAQUIM entra e cruza rapidamente a cena, com o rifle.

ROSA

>*(Ansiosa.)* Pai!

JOAQUIM

>Que é?

ROSA

>Houve alguma coisa?

JOAQUIM

>Estão derrubando a cerca!

Sai, perdendo-se ao fundo, junto à cerca.

JOANA

>*(Inquieta.)* O que foi, dona?

DONANA

>A cerca! Nossa Senhora, a briga vai começar!

JOANA

(A Inácio.) Pelo amor de Deus, vá atrás de Neco!
(A Rosa.) Moça, pelo amor de Deus! *(Põe as mãos e ajoelha-se.)*

ROSA

Que há?

JOANA

Meu filho ficou lá longe, na cerca. *(Ouvem-se dois tiros.)* Meu Deus! Neco!

Corre para fora, com INÁCIO. Entra GAVIÃO.

DONANA

Gavião, que foi que houve?

GAVIÃO

O rapaz estava montado na cerca. Joaquim atirou nele com o rifle. Ele respondeu com uma garrucha, e correu. Mas parece que está ferido!

ROSA

Meu Deus, vamos avisar papai!

DONANA

Ele não estava derrubando a cerca não, estava só tirando mel!

Correm para fora. Entra NECO, rapazinho ferido.
Olha por todos os lados, procurando. Na mão, tem uma

garrucha. JOAQUIM *entra no seu encalço.* JUECO *joga a garrucha no chão e corre.* JOAQUIM *vai ao limiar da cena, leva o rifle ao rosto e atira, no momento em que todos, inclusive os cabras, voltam.*

GAVIÃO

Está morto.

JOANA

Minha Nossa Senhora! *(Corre para fora, com* INÁCIO.*)*

DONANA

Joaquim, por que você fez isso? Ele não tinha nada a ver com o pessoal de Antônio!

JOAQUIM

Como é que eu podia saber? Estava na minha cerca, eu só podia pensar que era para derrubar. E ele atirou em mim!

DONANA

Com uma garrucha de menino, carregada de chumbo, depois de um tiro de rifle...

JOAQUIM

Cale a boca. O enterro fica por minha conta. Foi uma desgraça que aconteceu com ele como podia acontecer comigo. Manuel, leve o rapaz no caixão da caridade, o resto eu pago. E diga ao pai do menino que eu o matei por engano, que ele vá lá em casa que eu estou disposto a pagar o que ele pedir.

Manuel

    Onde se faz o enterro?

Joaquim

    Junto da parede do sino, você tem licença para entrar em minha terra.

Entra em casa, com Rosa e Donana.

Manuel

    Só assim o homem me dava licença para entrar na terra dele, hoje. Vou para a capela, ajeitar o caixão. Juntem as mulheres, pra rezar, e tragam o rapaz para a igreja.

Abre a porteira e entra na capela.

Gavião

    Que cara é essa, meu irmão? A bala pegou em você?

Martim

    Não.

Gavião

    Foi você quem matou o rapaz?

Martim

    Não, mas foi horrível pensar que ele morreu por engano, inocente, nessa briga em que estamos metidos. Podia ter sido um de nós o escolhido para atirar nele.

GAVIÃO

Você deixe de estar pensando no que não presta, senão vai terminar atirando na cabeça. E Manuel vai lucrar com seu enterro.

MARTIM

Como já está cuidando de lucrar com a morte desse pobre. Joaquim vai pagar o enterro e quer dar dinheiro ao homem. Agora? Que é que adianta, depois do filho morto? Esta terra é perdida, com o sol, as balas, a poeira!

CAETANO

Estão ouvindo o barulho do serrote e do martelo na madeira? Aquilo é Manuel, ajeitando o caixão da caridade.

MARTIM

Sei que vou passar a noite de hoje com esse barulho do martelo nos ouvidos.

CAETANO

Você se acostuma. Eu ouço aquilo desde pequeno.

MARTIM

Mas um, coitado, daquela idade! Viveu, trabalhou, andou tanto pela estrada que estava com os pés em carne viva... E pra quê? Pra morrer aqui desse jeito!

CAETANO

    O mundo é assim mesmo, e não temos outro lugar pra onde ir. Ninguém vive de graça, nem morre de graça, como diz Manuel.

MARTIM

    Estava tirando mel para dar aos pais. As mãos dele ainda estavam molhadas, tinham mel e sangue. Eu vi, quando cheguei perto. Ah, meu Deus, que terra, esta!

Entra CÍCERO, com uma cruz de madeira na mão.

CÍCERO

    Vim avisar que o povo já vem. O sino está batendo, parecem ondas douradas no sol. Ele só bate assim quando uma pessoa morre de tiro. O sol estava em redor dele quando atiraram. E quando o sangue molhou a terra, estava morno. Agora vêm cantando por causa dele. *(Numa invocação.)* Chega, irmão das almas, não fui eu que matei não!

Entram todos, conduzindo o caixão que MANUEL levou da capela para o lugar onde se supõe que estava o corpo. JOANA e INÁCIO encabeçam o cortejo, com a dor já contida e rezando, como se, de certa forma, vissem que não tinham mais nada a fazer pelo filho, exceto isso.

JOANA

>Tenho o meu rosário
>pra nele eu rezar
>mais Nossa Senhora
>quando eu lá chegar.

TODOS

>Quando eu lá chegar
>com muita alegria.
>Rosário de prata
>da Virgem Maria.

CÍCERO

>Chega, irmão das almas, não fui eu que matei não!

Enquanto se enterra o rapaz, vão rezando e cantando.

DONANA

>*(Cantando.)* Nossa Senhora, orai por ele!

INOCÊNCIA

>*(Cantando.)*
>Mãe de Deus, Mãe de Deus,
>ó Mãe de Deus,
>orai por ele, Mãe de Deus!

INÁCIO

>*(Rezando.)* Meu Deus, tenha piedade de nós!

CÍCERO

>O sangue vermelho foi derramado.

CAETANO

> *(Rezando.)*
> Estão se abrindo os portões
> de prata do paraíso.

MARTIM

> *(Rezando.)*
> Adeus, adeus, meu irmão!
> Até dia de juízo!

DONANA

> *(Rezando.)* Ó rosário sem mancha de Maria!

INOCÊNCIA

> *(Rezando.)* Ó mistério de sangue da paixão!

JOANA

> O sangue por perto dele molhava a terra vermelha.

MANUEL

> *(Rezando.)* Virgem Mãe.

CAETANO

> *(Rezando.)* Estrela matrona.

MARTIM

> *(Rezando.)* Bogari verdadeiro.

GAVIÃO

> *(Rezando.)* Rosa manjerona.

CÍCERO

O sangue dele corria na terra. Na terra de poeira parda. Tinha mel e sangue na boca, vermelho e dourado. Os anjos de ouro estavam no céu e a Morte passou por ele, com as asas brilhando, no vento cheio de sol.

JOANA

Meu filho! Mataram!

INÁCIO

Venha, não fique assim não! Um dia, eles pagam tudo isso!

ROSA sai de casa e aproxima-se deles.

JOANA

É a senhora! Ah meu Deus!

INÁCIO

Que é que você vem fazer aqui, moça?

ROSA

(A JOANA.) Dona, pelo amor de Deus, escute!

INÁCIO

Sua casa é casa de gente boa, casa onde a pobreza come! Ah, se eu tivesse sabido! Melhor que não tivesse dado nada, pelo menos eu não estava sentindo na boca o gosto dessa comida amaldiçoada! Mas seu pai pode ficar descansado, se eu estiver vivo quando chover, venho pagar tudo!

Sai.

ROSA

Dona, eu não tive culpa, eu não estava com vocês? Foi meu pai! Ele matou minha mãe também! Esconderam de mim, mas eu sei! Ele matou minha mãe. Eu me lembro, eu vi, tinha sangue no quarto dela!

JOANA

Eu sei que você não tem culpa, moça, mas que adianta? Quando olho pra você, vejo o sangue que matou o meu! Criei meu filho a vida toda: como é que vou ficar agora? O sol já vai se cobrindo, vou ficar sozinha no escuro. No começo, não acreditava direito, até que vi esses homens jogando terra para encher a cova. Aí, não pude mais!

ROSA

Eu sei, mas eu? A senhora me perdoa? Eu lhe peço pelo sangue de Nosso Senhor!

JOANA

Descanse, filha de Deus, por mim está perdoada!

ROSA

Vá então pra junto de sua família. E Deus lhe pague o que fez por mim!

Rosa está do lado da casa de JOAQUIM. GAVIÃO e MARTIM estão junto à porteira da cerca. Enquanto JOANA sai, indo se juntar a INÁCIO, FRANCISCO chega, pela estrada.

FRANCISCO

    Isso foi um enterro?

GAVIÃO

    Foi. Pelo menos parece, porque enterraram um homem, e quando acontece isso, chama-se um enterro.

FRANCISCO

    Boa chegada, pra quem vinha fugindo da morte.

MARTIM

    Você é daqui?

FRANCISCO

    Mais ou menos. Quem morreu?

GAVIÃO

    Um rapaz que ia se retirando e que, aqui, se retirou de vez para o céu.

FRANCISCO

    Morreu de fome?

GAVIÃO

    Não, de cobra! Uma cobra, de dentes de ferro, mordeu o coitado bem no meio da testa.

FRANCISCO

    Uma cobra?

MARTIM

    Não ligue, é meu irmão e fala demais. O rapaz morreu de tiro.

FRANCISCO

    Por quê?

GAVIÃO

    Por nada. Morreu por engano.

Francisco

    É o que acontece com todo mundo. Quem o matou?

GAVIÃO

    O dono da terra que você está pisando.

FRANCISCO

    Antônio Rodrigues, das Cacimbas?

MARTIM

    Não, Joaquim Maranhão, da Quixaba.

FRANCISCO

    Esta terra não é dele.

GAVIÃO

    Pois vá dizer isso a ele, se tem coragem. Posso perguntar quem é você?

FRANCISCO

    (Indicando MANUEL que vem chegando.) Manuel me conhece, pergunte a ele.

MANUEL

    Francisco!

CAETANO

    Saia, vamos para o outro lado da cerca! Isso aqui está queima não queima, por causa da terra. A briga parou enquanto se fazia o enterro!

FRANCISCO

    Espere, não tenho nada a ver com as brigas de meu pai!

MANUEL

    Você não veio para ajudar? Não recebeu o recado de seu pai, não?

FRANCISCO

    Não recebi nada, estou chegando por acaso! Mas esperem: quem é aquela?

GAVIÃO

    Ah, aquela é a filha do dono da cobra de ferro que matou o rapaz!

FRANCISCO

    Rosa!

MANUEL

    É Rosa, sim. Você ainda se lembrava dela?

FRANCISCO

    Não como ela está agora! Ah, meu Deus, foi como se eu tivesse tido uma vertigem, parecia o sol dançando na minha vista! Ela parece uma garrota vermelha, uma égua castanha com as crinas balançando!

GAVIÃO

Se você olhar muito, a cobra de ferro morde você! O homem mata quem olha para ela, principalmente por baixo do vestido, como você está querendo!

FRANCISCO

O vestido não deixa, está cobrindo demais!

GAVIÃO

E nós, queríamos cobrir e não podemos!

FRANCISCO

Está errado, um vestido assim, porque o que ele mostrasse bem valia a pena.

MARTIM

(Erguendo o rifle.) Eu, se fosse você, falaria com mais cuidado!

FRANCISCO

Calma, companheiro, falei por falar. Ela é minha prima e estava brincando um pouco com seu irmão.

MARTIM

Cada um sabe de si e o que pode fazer ou não. Mas, com a situação como está, eu aconselharia você a voltar para o lugar de onde veio.

GAVIÃO

Que é isso, meu irmão? A briga ainda nem começou e, parente por parente, ele também é nosso.

MARTIM

    Façam o que quiserem, não tenho nada a ver com isso. Inimigo é inimigo e eu digo a você, Gavião, que tome cuidado com esse.

    Sai.

GAVIÃO

    O que foi que deu nele, meu Deus?

    Sai também, no encalço do irmão. ROSA encaminha-se para casa.

FRANCISCO

    Rosa!

ROSA

    Meu Deus, é você?

FRANCISCO

    Ainda sabe quem sou?

ROSA

    Peço-lhe, por tudo quanto é sagrado, que não fique aqui; se meu pai me avistar com você, mata-o na mesma hora!

FRANCISCO

    Não tenho nada a ver com as brigas de meu pai. E você sabe se não é assim que eu quero morrer?

ROSA

Eu devia ter fingido que não o reconhecia, mas não esperava isso e não pude! Meu Deus!

FRANCISCO

Que é que você tem, Rosa? Por que me trata assim?

ROSA

Não sei, adeus!

FRANCISCO

Não, não vá agora! Por que tudo isso? É por causa da terra? Deixe que meu pai e o seu briguem, mas não me receba desse modo!

ROSA

Recebê-lo? Como? Quem sou eu, para recebê-lo de um modo ou de outro? Você nunca me deu esse direito, Francisco!

FRANCISCO

Rosa!

ROSA

Não, não chegue perto de mim, vá pra sua terra! Não sei o que estou dizendo, foi a morte desse rapaz que me deixou assim. Adeus. E, em nome de Deus, volte para onde estava.

Entra em casa.

FRANCISCO

Afinal, que é que há por aqui? Por que todos me tratam com tanta dureza, no momento em que chego?

CAETANO

É a morte, que, aos poucos, vai nos cercando e deixa todos nós assim.

FRANCISCO

Mas comigo? Que tenho eu a ver com tudo isso? Por que Rosa falou assim comigo?

MANUEL

Vá procurá-la à noite, quando Joaquim Maranhão não estiver perto e pergunte a ela. Escolha uma hora em que ela estiver só e à noite, só pode ser à noite. Ela talvez diga muita coisa. Mas, antes de ir, pense bem se quer mesmo saber, porque a resposta pode levar você à morte.

FRANCISCO

Está bem. E meus pais?

CAETANO

Vou chamá-los.

FRANCISCO

Não. Tenho um favor a lhe pedir, Manuel. Não estou com coragem para ver meus pais agora. Vou para o cercado: você avise meus pais de minha chegada e diga que eu virei para casa depois que o sol se puser.

Diga que, por favor, ninguém vá me buscar lá. Eu virei, logo que possa.

MANUEL

Não está direito isso, rapaz! Vá tomar a bênção a seus pais!

FRANCISCO

Não, peço-lhe por favor. Outra coisa: onde foi enterrado o rapaz?

MANUEL

Perto do muro da igreja.

FRANCISCO

Pois, se meu pai consentir, quero que vocês cavem uma cacimba defronte da cova, no oitão da casa.

MANUEL

Uma cacimba, aí? Será que dá n'água?

FRANCISCO

Conheço este lugar, se cavar bem, dá n'água, deste lado.

MANUEL

Está bem, vou falar com seu pai.

FRANCISCO

Sim, é ele o dono da terra. Diga a ele que quando escurecer, eu volto. Mas não quero nem ouvir falar no que se passou entre nós.

Sai.

MANUEL

Camarada, pode azeitar o rifle, porque o barulho vai começar hoje à noite.

CAETANO

Ele disse que não tem nada com a briga do pai.

MANUEL

E você acredita nisso? Pra que essa chegada de repente, senão pra brigar?

CAETANO

É possível.

MANUEL

Enfim, a noite desce já, o escuro já está cobrindo tudo. Eita, noite velha! É a hora em que tudo acontece; a morte, o sono, tudo o que esquenta o sangue e escurece a cabeça. O dia acaba e a noite chega, mais esquisita ainda depois de um sol como esse que nos deixou, depois de uma morte como essa que sucedeu. Assim, é melhor ficarmos preparados para tudo: com um começo como o de hoje, tudo pode acontecer. Ninguém está livre de nada, nesse mundo em que nem se vive nem se morre de graça.

*S*aem.

FIM DO PRIMEIRO ATO.

Segundo Ato

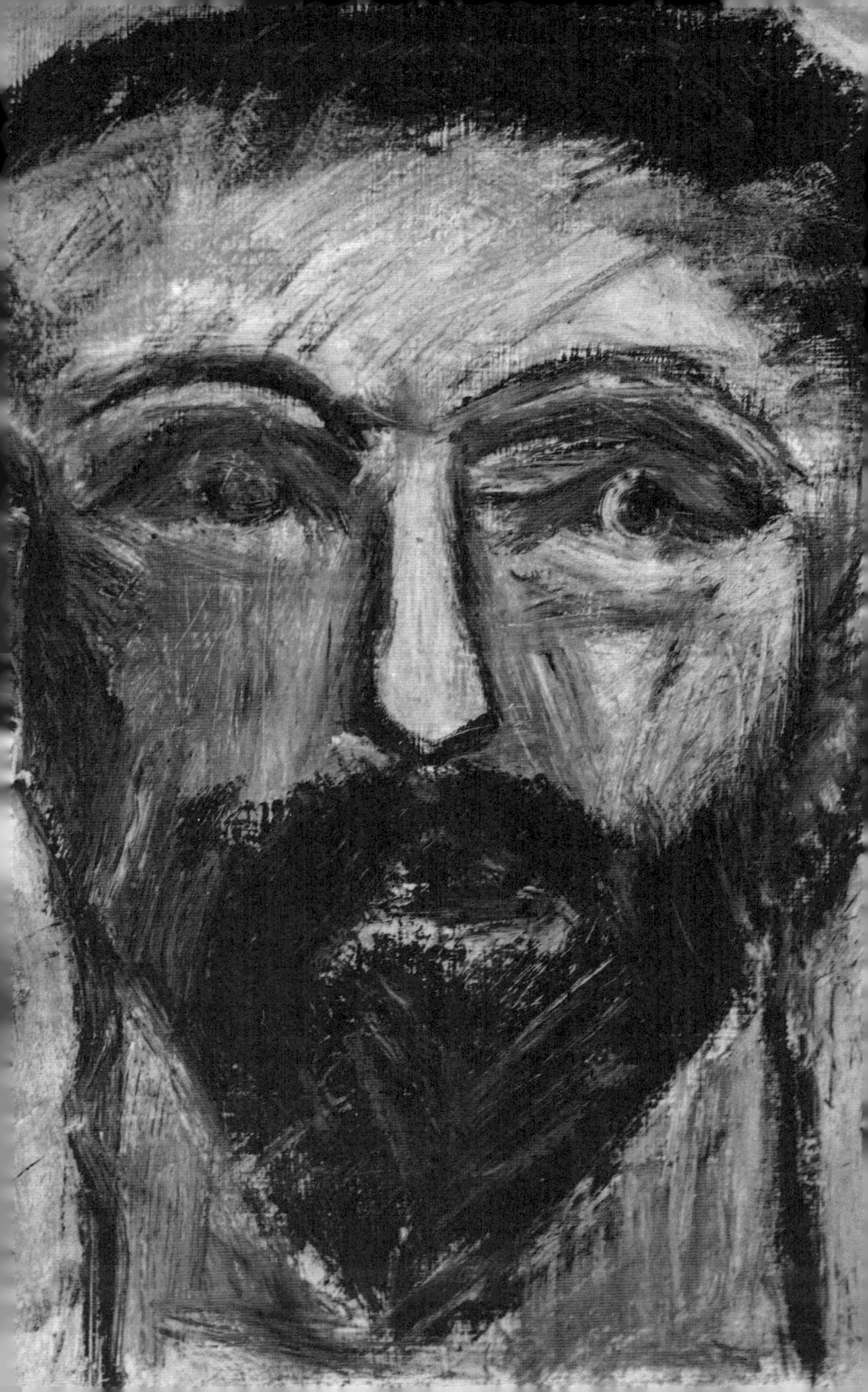

Mesmo lugar. Estão em cena GAVIÃO, MARTIM *e* CAETANO.

GAVIÃO

Que coisa mais esquisita, essa desse camarada mandar cavar uma cacimba, sem ninguém saber por quê! Depois, não quer falar com os pais. Por que será?

CAETANO

Não sei, ele sempre foi assim, com esses modos esquisitos. Não é de hoje não.

GAVIÃO

Engraçado, ele é meu parente e eu nunca o tinha visto. Você o conhece desde pequeno?

CAETANO

Conheço! Os pais não sabiam o que fazer com ele. Aliás, acho que nem ele mesmo sabia, tanto que vivia pelos matos.

GAVIÃO

Será que vão obedecer a ele, nisso de não procurá-lo?

CAETANO

Isso nem se pergunta! E não dou um minuto para o homem mandar-nos cavar a cacimba que ele pediu.

GAVIÃO

Companheiro, você não acha que, de cavar, já basta a cova do rapaz?

CAETANO

    Acho, mas que é que posso fazer? Agora, pelo menos, não será para enterrar ninguém.

Entram ANTÔNIO, MANUEL *e* INOCÊNCIA, *vindos da casa do primeiro.*

ANTÔNIO

    Foi ali que ele pediu?

MANUEL

    Foi.

ANTÔNIO

    Caetano!

CAETANO

    (A GAVIÃO.) Está vendo?

ANTÔNIO

    Ajude Manuel ali a cavar uma cacimba até que dê n'água.

CAETANO

    E quem vigia a cerca?

ANTÔNIO

    Encostem os rifles aqui perto. Qualquer coisa, vocês podem ver daqui.

INOCÊNCIA

    Meu Deus, me dê paciência! Para onde ele disse que ia, Manuel?

MANUEL

Para o cercado. Pediu que ninguém fosse vê-lo e que recebessem ele como se não tivesse havido nada.

ANTÔNIO

Falou mais alguma coisa?

MANUEL

Não, somente isso: que cavássemos a cacimba e que ninguém fosse vê-lo. Como se não tivesse havido nada!

INOCÊNCIA

Deus que me dê força para suportar tudo isso!

ANTÔNIO

Não chore, não há motivo nenhum para isso, se ele voltou. Venha, tudo se arranjará da melhor maneira possível.

Entram em casa.

MARTIM

Que sujeito, esse Francisco!

GAVIÃO

Que tem ele?

MARTIM

Todas essas manobras, esse mistério! Só pensa em chamar a atenção de todo mundo!

GAVIÃO

    Você parece que não gosta muito dele.

MARTIM

    Eu o odeio!

GAVIÃO

    Por quê?

MARTIM

    Não sei, olhei para ele e detestei-o no mesmo instante, acho que meu sangue não combina com o dele.

GAVIÃO

    E no entanto é o mesmo sangue nosso.

MARTIM

    Você mesmo disse que esses laços de sangue não valiam mais nada. Se isso é verdade com Joaquim, de cujo lado estamos, quanto mais com esse inimigo, que nós nunca tínhamos visto!

GAVIÃO

    Você acha que ele veio para tomar a terra de volta?

MARTIM

    De volta, diz você? Então você acha que eles têm razão e nós estamos do lado errado?

GAVIÃO

    Meu irmão, eu lhe digo uma coisa: estou nessa briga e vou nela até o fim, do lado em que comecei. Mas o que eu acho a respeito dela é meu e ninguém tem nada a ver com isso.

MARTIM

Você tem razão, desculpe.

GAVIÃO

Que é que você tem? Desde hoje que está pelos cantos, calado, querendo morder todo mundo antes de tempo... Que é que há?

MARTIM

Não sei, meu irmão, talvez seja tudo isso, esta terra, essa morte, essa briga que começa... *(Para os outros, a fim de se distrair.)* Ei, camaradas, cavando de novo?

MANUEL

De novo, e agora sem sua ajuda.

MARTIM

Pra que é a cacimba, desta vez?

MANUEL

Espero que não seja para os defuntos de vocês dois.

GAVIÃO

O mesmo espero de vocês.

MANUEL

Cheguem-se mais pra perto. A cacimba está se abrindo e a terra está ficando mais fria. Parece que vai dar n'água, mesmo.

GAVIÃO

Que cheiro bom!

CAETANO

    É a terra nova que a enxada abriu. Não derrubem a cerca e poderão ficar sentindo o cheiro até sair a água nova.

Entram CÍCERO e JOAQUIM.

JOAQUIM

    Gavião! Martim! Venham cá! É verdade o que Cícero me disse, Francisco está de volta?

GAVIÃO

    Está. Foi para o cercado, mas disse que voltaria, assim que escurecesse.

JOAQUIM

    Ele foi ao cercado? Fazer o quê? Fiquem de olho na cerca, talvez ele tenha ido lá para o alto do tabuleiro.

GAVIÃO

    Pra quê?

JOAQUIM

    Talvez para queimá-la.

MARTIM

    Pensei nisso, mas depois vi que, com o arame, ele não conseguiria grande coisa.

JOAQUIM

    Mesmo assim tomem cuidado com ele. Aquilo é como gato, esconde as unhas pra dar o bote melhor.

Martim

    Joaquim, se houver luta, gostaria que você deixasse esse Francisco a meu cuidado.

Joaquim

    Espere, cada coisa tem seu tempo, quando chegar a hora eu lhe digo. Ele disse que voltaria ao escurecer?

Gavião

    Disse, mas se posso dar minha opinião, acho que ele não veio pra brigar não. Disse que não tem nada a ver com a terra do pai.

Joaquim

    Quer dizer que a briga entre os dois continua. Isso é bom; talvez, assim, o acordo se faça como eu quero e não como Antônio pensava que podia, na esperança da ajuda do filho. O juiz esteve aqui?

Gavião

    Esteve, mas tivemos que fazer-lhe um pouco de medo; ele começou a fazer perguntas sobre a morte do rapaz.

Joaquim

    Ah, não fale nisso, foi uma desgraça. Como é que eu podia saber? Numa situação dessas, ele acha de tirar mel logo na cerca!

Cícero

    É verdade, você não podia adivinhar.

Joaquim

O pai foi embora sem me ver e sem receber o que queria lhe pagar. Mas que culpa tive eu? Só quero que me deixem em paz com minha terra, minha casa, minha filha e meu gado. É o que peço e não é muito. Estou envelhecendo e, mesmo quando era mais moço, nunca fiz mal a quem não se meteu na minha vida. Por que, então, não me deixam em paz? Paz, paz: é só isso o que eu desejo agora. Caetano!

Caetano

Que há?

Joaquim

Diga a Antônio que apareça, quero falar com ele.

Caetano sai para a casa de Antônio.

Cícero

Você vai renovar a proposta de acordo ou fazer outra?

Joaquim

Depende da situação, depende do que houve entre ele e o filho. Vamos ver, aí vem ele.

Antônio

(Entrando, seguido de Caetano.) Você quer falar comigo? Que há?

JOAQUIM
>   Seu filho chegou, como eu suspeitava: o que você queria mesmo era ganhar tempo.

ANTÔNIO
>   Você pense o que quiser, Joaquim, a verdade é o que eu já lhe disse. Foi para discutir que você me chamou?

GAVIÃO
>   Aí vem o rapaz.

JOAQUIM arma o rifle e ANTÔNIO também. Entra FRANCISCO.

FRANCISCO
>   Meu pai, que é isso? Abaixe esse rifle! E o senhor, meu tio, é assim que me recebe? Posso cumprimentá-lo?

JOAQUIM
>   Você está armado?

FRANCISCO
>   Não.

JOAQUIM
>   A situação não permite falta de cuidado. E, modos por modos, os seus são muito mais estranhos: você não tomou nem a bênção a seu pai.

FRANCISCO

O senhor não tem nada com isso. Quanto à situação, ela se criou na minha ausência. Eu não tenho nada com isso, nem me meto nas brigas de meu pai.

ANTÔNIO

No entanto, eu estou lutando pela terra por sua causa!

FRANCISCO

Eu lhe pedi, por acaso, que fizesse isso? A terra pela qual estão lutando não vale nada, pelo menos para mim.

ANTÔNIO

São terras altas, mas dão bom pasto para o gado.

FRANCISCO

Você sabe se eu quero criar?

ANTÔNIO

É a terra de seu pai, foi a terra de seu avô e deve ser sagrada para você.

FRANCISCO

Cheia de sangue é uma carga muito pesada! A família! Que herança, quantas histórias amaldiçoadas vêm com ela!

JOAQUIM

É verdade. Mas se você pensa assim, a questão é fácil. Você não quer criar, eu não quero plantar. Você aceitará trocar a terra de pastagens por outra de baixios?

FRANCISCO

    Dirija-se a meu pai. Como poderia discutir qualquer acordo sobre uma terra que não me pertence? Só depois que meu pai morrer é que posso me apossar de tudo. Discuta, portanto, com meu pai: o dono da terra é ele, eu não.

    Ao ouvir isso, ANTÔNIO encara FRANCISCO e sai sem dizer palavra.

JOAQUIM

    Então, com seu pai vivo, depende dele... E se dependesse de você?

FRANCISCO

    Não sei, deixem-me em paz, todos! Já estou cansado de ouvir falar nesta terra e de dizer que não quero nada com ela. Até parece que é a única coisa que existe aqui! Por que não me deixam em paz como eu quero deixar vocês?

JOAQUIM

    Obedeço. Em todo caso, estou à sua disposição quando você quiser conversar sobre o acordo. E diga a seu pai que, agora, ficou tudo mais fácil.

FRANCISCO

    Por quê?

Joaquim

(Rindo.) Diga somente isso, eu sei que ele entenderá. E diga também que, agora, eu aceito, sob palavra, a proposta que ele tinha me feito para que nossas casas fossem respeitadas.

Sai.

Francisco

Briga de família, questão de terra, a lembrança e a ameaça do sangue: não há dúvida, estou em casa! E minha cacimba?

Manuel

Parece que vai dar n'água.

Francisco

Quando estiver perto do fim, eu venho terminar, deixem isso para mim. Porque talvez hoje essa briga se acabe.

Entra em casa.

Martim

Você viu o que eu dizia? Isso é lá gente! Insinuou a Joaquim que se ele matasse o pai, faria acordo sobre a terra!

GAVIÃO

    Você acha que foi isso que ele quis dizer?

MARTIM

    Claro! Você não viu como o pai saiu, quando ele disse aquilo? E agora entendo o mistério da cacimba, é a cova do pai que ele mandou abrir.

GAVIÃO

    Meu Deus, será possível?

CÍCERO

    Venham, a água está começando a minar.

GAVIÃO

    Agora, o cheiro da terra está mais forte. A noite está avançando e esfriando. Se fosse no inverno, o riacho deveria estar com água, bonito, com a lua em cima.

CÍCERO

    Pois eu gosto da noite, mesmo na seca. Talvez porque eu seja de uma terra mais baixa, onde até as noites são quentes. Aqui, nestas alturas, seja qual for o tempo, a noite é boa. Está esfriando aos poucos, sentem? Mas a terra ainda está morna e cheirosa. Olhem: a água vai ficar bonita, com esta luz! Venham ver!

GAVIÃO

    Não, Cícero, é melhor ficarmos aqui. Você pode andar à vontade por onde quiser, todo mundo o respeita. Conosco é diferente.

MANUEL

> Abriu-se a cacimba nova
> e um Anjo acordou no céu,
> com cravos em seu redor.
> Cravos e rosas em seu peito
> viraram manjericão.
> Ele tem seis coroas na cabeça.
> Ah, se fosse no inverno!
> As bonecas de milho, cor de ouro
> estariam balançando no vento:
> na terra do roçado
> e na bandeira do mastro grande,
> para olhar o Anjo!

CÍCERO

> A luz das estrelas brancas
> brilha por todo o seu corpo,
> mas, se ele viesse ao mundo,
> a terra pegava fogo.
> De dia, ele passa nas estradas,
> mas abaixa o rosto
> para que tudo não se queime.
> Mas, mesmo assim, a luz é tanta
> que ninguém pode ver direito.
> O Sol! A Morte!

MARTIM

> Sim, talvez seja perigoso,
> mas no entanto eu queria
> avistar um Anjo na terra.
> Mesmo que ele viesse vestido
> com um manto de sangue e fogo
> e fosse o Anjo da glória e da morte.

CAETANO

>Ele desce pelo caminho de Sant'Iago,
>num Cavalo todo branco
>que tem uma estrela de prata na testa.
>No dia em que ele vier de noite,
>todos os paus se enchem de resina.
>Tudo cheirando: o cheiro
>das cajazeiras no vento.

MARTIM

>Camaradas, vamos plantar, em louvor do Anjo, um galho de roseira na terra molhada.

GAVIÃO

>De onde tiramos? Do jardim de Rosa! Tome, aqui está! Um pé de rosas vermelhas! Martim planta as rosas de Rosa e na rosa vermelha dela, eu, Gavião, queria bicar!

Entrega o pé de rosa a MANUEL, que começa a plantá-lo. Entra FRANCISCO, que permanece silencioso, olhando a noite.

MANUEL

>Agora está atacado de tristeza. É assim, brinca, briga, e de repente fica calado, olhando para a noite.

CAETANO

>A cacimba deu n'água!

FRANCISCO

Então eu vou!

MARTIM

Vamos sair daqui, Gavião!

Saem os dois, MARTIM lançando um olhar de ódio a FRANCISCO, que se aproxima de MANUEL e CAETANO.

FRANCISCO

Que é que você está fazendo?

MANUEL

Nada, foi Gavião que me deu esse galho de roseira e eu estou plantando na terra molhada, em louvor do Anjo e da cacimba.

FRANCISCO

Foi de lá, do jardim de Rosa?

MANUEL

Foi.

FRANCISCO

Então deixe, que eu mesmo quero plantá-lo. E vão buscar suas Violas, quero que vocês cantem alguma coisa para mim e para celebrar o Anjo da cacimba.

CAETANO

E seu pai? Ele não quer que se deixe a cerca!

FRANCISCO

    Diga a ele que fiquei vigiando.

CÍCERO

    E Inocência?

FRANCISCO

    Passou o choque, está bem agora. Vão. Eu vou cavar o que falta. *(Saem CÍCERO, MANUEL e CAETANO. ROSA aparece em sua casa e, enquanto FRANCISCO acaba de cavar e amassar a terra, plantando o galho, aproxima-se dele. FRANCISCO vai até a cerca, perto dela.)* Você? Estava esperando que você viesse.

ROSA

    Que era que você estava fazendo?

FRANCISCO

    Estava terminando de abrir a cacimba. Gosto da água. E de cortar a terra também.

ROSA

    Eu sei, ouvi você dizer isso uma vez.

FRANCISCO

    E ainda se lembra?

ROSA

    Eu nunca me esqueço de nada que ouvi de você.

FRANCISCO

    No começo, a terra estava dura, seca e parda. Mas, depois, foi ficando mais escura, macia e mansa. Terra morena e boa!

ROSA

    Daqui se pode sentir o cheiro.

FRANCISCO

    É a terra nova, molhada, a terra que a enxada abriu. Foi ficando mais molhada, mais úmida, e, de repente, a enxada cortou um veio novo e a água encheu tudo, espumando, com cheiro de raiz. Venha ver!

ROSA

    Não, meu pai me mata!

FRANCISCO

    Ele gosta de mim, comigo não se importa: venha! *(ROSA temerosamente obedece e transpõe a cerca. FRANCISCO toma-a pela mão e aproxima-se da cacimba.)* A água está ficando cada vez mais limpa, agora, e a lua está boiando nela. Venha, eu plantei na terra molhada o galho de uma roseira sua!

ROSA

    Daqui? Do meu jardim?

FRANCISCO

    Sim, um dos rapazes de seu pai tirou e nos deu.

ROSA

    Martim?

FRANCISCO

    Não sei, ele entregou o galho a Manuel.

ROSA

    Só pode ter sido ele!

FRANCISCO

    Você diz isso de maneira estranha. Por quê?

ROSA

    Essas rosas eram de minha mãe, se ele fez isso, foi de propósito, por minha causa!

FRANCISCO

    Por sua causa?

ROSA

    E por causa de você, também! Tome cuidado com ele. Ele o odeia, vejo isso claramente, agora!

FRANCISCO

    Ele me odeia? Como, se nem o conheço?

ROSA

    Mas ele o conhece, é um parente pobre e distante nosso, que meu pai empregou, com o irmão.

FRANCISCO

    E o ódio que ele me guarda, guarda a você também?

ROSA

    Não sei.

FRANCISCO

    Então é amor?

ROSA

    De minha parte, não.

FRANCISCO

    E da parte dele?

ROSA

>Não sei.

FRANCISCO

>Devo perguntar a ele?

ROSA

>Não!

FRANCISCO

>Por quê?

ROSA

>Porque você arriscaria a vida e não quero que você morra!

FRANCISCO

>Rosa! Você está linda agora, com a noite e a lua. Mas seu vestido é outro. Por que você o trocou?

ROSA

>Se eu disser, você me desprezará.

FRANCISCO

>Desprezá-la, eu? Nunca! Diga por que foi, nós estamos sós.

ROSA

>Martim me disse... Não, nunca terei coragem!

FRANCISCO

>Martim? Que lhe disse ele?

ROSA

>Que você tinha dito umas coisas feias a meu respeito. É verdade?

FRANCISCO

    É verdade!

ROSA

    Você me despreza, então?

FRANCISCO

    Não, Rosa, acredite que não! Eu disse tudo brincando, até sem maldade. Não sei por que disse aquilo, digo o que não devo, quase sem querer. Quem sou eu para desprezá-la?

ROSA

    Ah, Francisco, fiquei tão triste! Depois, ele disse que você só queria o meu mal e tinha dito que era pena que meu vestido me cobrisse tanto! E eu, em vez de lhe ter ódio, fui procurar esse vestido, que era de minha mãe, e o vesti para vir aqui.

Põe o rosto entre as mãos.

FRANCISCO

    Rosa, peço-lhe, de todo coração, que me perdoe. Eu não a desprezo, não a desprezarei nunca. Quero me casar com você, desde que a avistei que penso nisso. Foi por isso que, não sei por que, resolvi abrir a cacimba: queria ficar com você junto dela! E foi por isso que tomei o galho de sua roseira dos outros, para plantá-lo eu mesmo.

ROSA

Ah, meu Deus, Francisco, é verdade o que você me diz?

FRANCISCO

Eu lhe juro pela Hóstia e pelo Cálice, por tudo quanto é sagrado. Que é isso? Está chorando?

ROSA

Não, estava agradecendo a Deus o que acabo de ouvir!

FRANCISCO

Rosa!

ROSA

É preciso cuidado, Francisco, se meu pai nos encontrar aqui, Rosa morre.

FRANCISCO

Não tenha medo.

ROSA

Eu tenho que ter medo, por mim e por você, porque agora estaremos sempre ameaçados pela morte, pelas mortes que estão por todas essas paredes, pela estrada, na igreja, no cemitério!

FRANCISCO

É verdade, eu sinto isso mais do que você pensa! Aqui, então, a morte parece que ronda todos nós. Seu pai, o meu, esse Martim que parece amá-la e por isso há de querer me matar, e, agora, nós dois. Por que eu nunca tinha reparado em você antes, Rosa? Rosa, meu amor!

ROSA

Não, por favor, não se aproxime.

FRANCISCO

Você não me perdoou ainda?

ROSA

De todo coração, não tinha nada a lhe perdoar. Mas Francisco, meu amor, veja, pelo amor de Deus, o que nos pode acontecer. Você é cego, sempre foi assim, e não sabe aonde isso pode nos levar! Eu tenho que ir.

FRANCISCO

Tenho um pedido a lhe fazer, antes que você vá.

ROSA

Pois faça.

FRANCISCO

Vista o vestido que você usava quando eu cheguei. E tome esta faca para você. Não é bonita?

ROSA

É linda!

FRANCISCO

Está vendo o cabo? É todo cravejado de ouro. Foi nosso avô que deu à mulher, como presente de casamento. É por causa deles dois que nosso sangue é o mesmo, façam nossos pais o que fizerem para nos separar. Tome, é sua. Quero que você saiba que vou me casar com você, mesmo que isso nos leve para a morte.

ROSA
> Francisco, meu amor, o mesmo digo eu!

Beija o cabo da faca e entra em casa. Entra INOCÊNCIA, vinda da sua, e aproxima-se de FRANCISCO.

INOCÊNCIA
> Meu filho!

FRANCISCO
> Que é, minha mãe?

INOCÊNCIA
> Vi quando você veio para cá. Você está contente em casa?

FRANCISCO
> Estou.

INOCÊNCIA
> Você ainda vai embora?

FRANCISCO
> Não sei, acho que não. Mas com esta briga, este ambiente de ameaça...

INOCÊNCIA
> Não fomos nós que começamos isso, pode acreditar!

FRANCISCO
> Eu sei.

INOCÊNCIA

    Tenha paciência conosco, meu filho! Com seu pai principalmente! Depois do que se passou...

FRANCISCO

    Eu pedi para não falarmos mais nisso!

INOCÊNCIA

    É verdade. Nós ficamos muito sós, depois que você foi embora. Vivíamos no roçado, trabalhando, fazendo mais do que se precisava, para não ter que ficar em casa e não nos lembrarmos de tudo. Agora, mal chega, você fez qualquer coisa a seu pai que o deixou arrasado. Que foi?

FRANCISCO

    Minha mãe, deixe isso tudo, pelo amor de Deus!

INOCÊNCIA

    Está bem. Você veio falar com Rosa?

FRANCISCO

    Vim.

INOCÊNCIA

    Não se meta com aquele povo não, meu filho. É triste se dizer isso do próprio irmão, mas aquilo é gente de sangue ruim. A mãe de Rosa...

FRANCISCO

    Eu sei, Joaquim matou-a, não estou esquecido.

INOCÊNCIA

    E mata você também, se o pegar com Rosa!

FRANCISCO

Isso não é tão fácil, como todo mundo parece que anda pensando! Mas vamos deixar isso, vem gente aí.

Entram MARTIM e GAVIÃO, fazendo sua ronda.

INOCÊNCIA

Esses homens armados, aqui, dia e noite! É insuportável, isso! E Joaquim fez questão de colocar aqui, defronte de minha casa, esses dois, para me lembrar que estou contra meu sangue. Ah, meu Deus!

FRANCISCO

Seu sangue é o do meu pai e é com ele que sua obrigação está. E, se é por esses aí, os nossos vêm também. Caetano, Manuel, cheguem! *(CÍCERO entra com os dois, que trazem Violas.)* Trouxeram as Violas, muito bem! Venham cantar, que a cacimba deu n'água.

MARTIM

(A GAVIÃO.) Você não acha estranhos, esses modos dele, depois do que houve com o pai? Estão tramando alguma coisa, é bom prevenir Joaquim.

CÍCERO

Ah, a água, limpa e nova! Cantem um romance, é o que eu acho mais bonito, de tudo o que se canta! Acho bom quando eles falam nesses lugares bonitos, de longe, como o conde que mata a mulher e a filha, numa Torre. Eu não sou daqui, cheguei numa seca de que ninguém mais se lembra. Só aqui é que vim ouvir esses romances que vocês cantam. Sou de longe, muito longe. É por isso que gosto de ouvir cantar sobre esses lugares.

Francisco

Eu estive em muitas terras por este mundo afora. Mas nunca vi esses lugares de que os romances falam.

Rosa aparece em casa e vai-se chegando para a cerca.

Manuel

Ah, meu Deus, faz tanto tempo que não canto! Será que ainda sei algum romance?

Caetano

Sabe sim, vamos cantar enquanto a briga não começa.

Manuel

Qual?

Caetano

O de Minervina.

Cícero

Esse não, é melhor cantar um romance de pega de touro.

MANUEL

    Não, não me lembro de nenhum. Vou cantar o de Minervina mesmo.

CÍCERO

    É preciso cuidado, Joaquim pode ouvir e ele proibiu que se cantasse esse romance, vocês sabem muito bem por quê.

FRANCISCO

    A terra do lado de cá é nossa, aqui se canta o que nós queremos.

INOCÊNCIA

    Cuidado, Rosa está ali!

FRANCISCO

    Cantem o romance, eu vou para lá.

Vai para junto de ROSA. MANUEL canta, à Viola, acompanhado por CAETANO.

MANUEL

    — Ó de casa! — Ó de fora!
    — Minervina, o que guardou?
    — Eu não lhe guardei mais nada:
    nosso amor já se acabou.

    — Minervina, tu te lembras
    das palavras que disseste?

Que a outro tu não amavas
enquanto vida eu tivesse?

Minervina, tu te lembras
daquela tarde de sol
em que caíste em meus braços
toda banhada em suor?

Na algibeira do capote
trago um punhal escondido
para matar Minervina
que não quis casar comigo.

Na primeira punhalada
Minervina estremeceu,
na segunda, o sangue veio,
na terceira, ela morreu.

Do céu me caiu um cravo
na copa do meu chapéu:
terá sido Minervina
que vai subindo pro céu?

Vou me embora, vou me embora!
Eu daqui vou me ausentar.

Vou sair de mundo afora,
vou morrer, vou me acabar!

CÍCERO

Ah, esse é o romance mais bonito que conheço! As cordas da Viola parecem de prata, como a lua, e o romance fala de amor e morte. Para mim, a parte mais bonita é quando se fala que Minervina vai subindo para o céu. Em cada estrela tem uma escada de prata que desce até a Terra. É por elas que se sobe para o céu. Como é bom ouvir um cantador, cantando assim, no mato, uma história de morte e de sangue, com a lua esfriando e entrando pela madrugada! Olhem, a noite está cada vez mais clara! O manjericão baixou, em direção à terra. Isso quer dizer que o ano é de inverno, mas de desgraça e morte também.

MANUEL

Ah, estamos na seca, mas mesmo assim a noite cheira tanto que o mato chega parece florado! Ah, o milho em pendão!

CÍCERO

Vamos aproveitar a água nova, e benzer, com o manjericão, as mulheres casadas e as moças donzelas. Orvalhadas! Cheguem as mulheres casadas! *(Benze*

Inocência com um galho de manjericão, borrifando-a com água da cacimba.) Orvalheiras! Cheguem as mulheres solteiras! *(Faz o mesmo com Rosa.)*

A água, a água! O Anjo andará pelas estradas vestido de sete espadas de fogo.
Um touro preto correrá pelo mato,
mas não poderá cruzar as águas da enchente
e não poderá cobrir a novilha de seu sangue.
O Touro há de se ver cercado na ribanceira.
Haverá milho e algodão em seu roçado,
e o pasto será muito no cercado,
mais trinta e quatro vaqueiros
vão campeá-lo, vestidos de couro vermelho,
montados nos seus cavalos,
e o sangue do Touro preto
avermelhará as águas da enchente!

ROSA

O sangue, o sangue, o sangue! Ah, meu Deus, por que não deixam de falar nisso?

FRANCISCO

Que é isso, Rosa? Que é que você tem?

ROSA

Eles estão cantando essas coisas para me fazer medo. Mas eu não tenho! Meu pai pode me matar, mas eu não tenho medo, com você não tenho medo de nada. Eu faço o que você disser. Eu lhe queria desde o começo, Francisco, agora não tenho mais vergonha de lhe dizer.

FRANCISCO

Eu também quero você muito, Rosa. Mas não tenha medo, acalme-se.

ROSA

Eu quero ser sua mulher, mesmo que meu pai me mate. Vivi toda a minha vida presa, a língua presa e com você longe, mas agora não tenho medo de nada, digam eles o que disserem, cantem o que cantarem! Foi de propósito que eles disseram aquilo, ele e esse Cícero, que vive como um urubu, atrás da morte, atrás das mortes daqui! Você me quer também, não quer, Francisco?

FRANCISCO

Quero, Rosa, é só você o que eu quero, agora!

ROSA

Então beije a faca que me deu!

FRANCISCO

(Obedecendo-lhe e abraçando-a.) Você! Rosa!

ROSA

(Aterrorizada.) Meu pai!

FRANCISCO

Onde?

ROSA

Lá, dentro de casa! Vá embora!

FRANCISCO

    Não!

ROSA

    Vá, senão ele me mata! Vá, pelo amor de Deus! E se ele desconfiar de alguma coisa, negue de todo jeito, senão eu morro e nunca mais verei você! Você nega?

FRANCISCO

    Está bem!

ROSA

    Jura?

FRANCISCO

    Juro, Rosa!

ROSA

    Então está tudo bem, e que Deus lhe pague, mais uma vez, tudo o que você me deu.

FRANCISCO vai para onde estão os outros. Entra JOAQUIM.

JOAQUIM

    Que é que você está fazendo aqui, tão perto da cerca?

ROSA

    Nada. Os homens começaram a cantar e eu vim ouvir.

JOAQUIM

    Não quero você aqui perto. Espere! Que é isso que você está escondendo aí?

Rosa

    Nada.

Joaquim

    Deixe ver. De quem é essa faca?

Rosa

    De minha avó, Donana.

Joaquim

    Mentira! Você pensa que é a primeira vez que estou vendo essa arma? Ela era de meu pai e ficou para Inocência! Quem lhe deu a faca?

Rosa

    Foi minha tia Inocência.

Joaquim

    E por que você mentiu?

Rosa

    Porque o senhor tinha me proibido de falar com ela.

Joaquim

    Não foi de Francisco que você recebeu isso, não? Você estava com ele, aqui?

Rosa

    Não, meu pai.

Joaquim

    Se eu pegar você com ele, mato todos dois, está ouvindo?

Rosa

    Estou.

Joaquim

    Eu sei com que obediência posso contar! Mas, para ajudá-la, vou mandar você para a Espinhara, hoje mesmo, de madrugada!

Rosa

    Meu pai, por que isso, se não fiz nada? Deixe ao menos para resolver amanhã.

Joaquim

    Amanhã por quê? Você quer ganhar tempo, que história é essa? Aqui há alguma coisa, você nunca discutiu uma ordem minha! Que resistência é essa, de repente? É o que eu vou descobrir; mas, para evitar alguma traição que você esteja pensando em me fazer, vou forçar Antônio a fazer o acordo. Assim, não tenho mais que me preocupar com a terra e posso cuidar de você como desejo. Assim, pode se preparar, porque de madrugada você segue para a Espinhara. *(Indo perto dos outros.)* Antônio! Francisco! Venham cá todos!

Todos se aproximam, inclusive Antônio, *que sai de sua casa e vem até ali, com o rifle armado.* Rosa *aproveita a confusão para falar com* Cícero, *que vem até ela, perto do proscênio.*

Rosa

Cícero, em nome de Deus, diga a Francisco que preciso falar com ele aqui, quando todos tiverem saído. É caso de vida ou de morte e é em nome de Deus que lhe peço.

Cícero assente com a cabeça.

Antônio

Quem é? Quem chamou?

Joaquim

Fui eu, Joaquim! Quero falar com você e Francisco.

Antônio

Francisco, cuidado, ele pode querer atirar agora!

Joaquim

Deixe de ser maldoso e desconfiado, homem! Chamei você para lhe propor uma trégua na luta, enquanto se discute a questão com o juiz.

Antônio

(A Joaquim.) Espere, quero falar com meu filho!
(Baixo, a Francisco.) Você, o que é que acha?

Francisco

Eu não acho nada, aja como quiser! A terra é sua!

Antônio

Que ressentimento é esse seu contra mim? É por causa da briga que tivemos?

FRANCISCO

    Você estranharia que fosse?

ANTÔNIO

    Não. E já que as coisas estão assim, vou esclarecer mais uma a você. Joaquim, antes, não queria aceitar a trégua para discutir, porque sabe que não tem razão. Se, agora, ele a aceita é porque está seguro de obter a terra por outro meio e sem luta, depois. E sabe por que ele está tão seguro assim de tudo isso?

FRANCISCO

    Não.

ANTÔNIO

    Porque você insinuou que, depois que a terra for sua, isto é, depois que eu morrer, poderá entrar em acordo com ele. Quando você disse isso, praticamente entrou em combinação para que ele me matasse. Eu aguentei tudo, sabe Deus como! Depois pensei: não tenho nada com isso, fica entre você e sua consciência. Minha obrigação é defender a terra que foi do meu pai para meu filho. Pudesse você dizer que cumpriria da mesma forma a obrigação de honrar pai e mãe. Você pode dizer isso, Francisco?

FRANCISCO

    Não sei.

Antônio

Quer dizer então que você desejou minha morte? Que talvez a deseje ainda?

Francisco

O senhor pode me garantir, por acaso, que nunca desejou a minha? Ou a de minha mãe? Então o senhor julga que tudo o que me disse, naquele dia em que saí de casa, escorraçado como um cachorro, passou?

Antônio

Está bem, vou conversar com Joaquim! Estou velho e alquebrado e veja se faz por onde não me tirar o resto das forças que ainda tenho. Vou enfrentar uma luta desigual, porque tenho temor a Deus e aquele demônio não teme ninguém. Veja que é de sua atitude para com ele e para comigo que dependerá minha vida ou minha morte. Veja, então, o que faz e diz, agora, diante dele, porque senão, um dia, seu filho pode fazer com você o que você está fazendo agora comigo. *(Vai para perto de Joaquim.)* Então você quer fazer a trégua?

Joaquim

Quero.

Antônio

E discutir tudo, com base nos documentos, na presença do juiz?

JOAQUIM

Sim.

ANTÔNIO

Quais são as suas condições para a trégua?

JOAQUIM

Por enquanto, a cerca fica onde está. Quem desrespeitar o limite, com a simples passagem para o outro lado, está sujeito à morte, sem que o outro lado possa reclamar.

ANTÔNIO

Para que isso?

JOAQUIM

Este seu filho está rondando minha filha e quero ter o direito de matá-lo se ele vier aqui!

FRANCISCO

Espere, o senhor precisa entender que...

JOAQUIM

Eu não quero entender nada e quero avisá-lo imediatamente de que, se tentar alguma coisa para o lado dela, morre!

FRANCISCO

Está bem, mas o fato é que existem vários enganos aí no meio disso tudo!

JOAQUIM

Enganos? Que enganos?

FRANCISCO

Cada um de vocês formou uma opinião sobre mim e quero dizer que nenhuma é verdadeira. Meu pai pensa que voltei na hora ruim para ajudá-lo a salvar a terra. Minha mãe pensa que voltei como o filho pródigo, para que me perdoem aqueles a quem, antes, eu devo perdoar. Para meu tio, eu sou uma espécie de cabra de confiança de meu pai e agora, ainda por cima, pensa que quero seduzir sua filha e casar com ela. Já é hora de eu mesmo dizer alguma coisa! Quero que saibam que estão todos enganados! Nem vim pedir perdão a ninguém, nem salvar nenhuma herança sagrada, nem procurar mulher. Nisso tudo, o que me interessa, é a terra. Mas não para conservá-la! Para passá-la adiante e me livrar, de uma vez, dessa carga de sangue da terra do gado, da família!

ANTÔNIO

Francisco, como é que você diz isso? Por acaso eu terei forças de continuar depois de ouvir o que você disse?

FRANCISCO

Isso é com o senhor, comigo não. Por que me botou pra fora de casa? Desde aquele dia acabou-se o amor que eu tinha pelo que foi de seu pai! Não me importo de perder tudo sem deixar nada para os que vierem. Meu filho que se arranje, como eu tive de me arranjar.

Antônio

Está bem: não tenho mais por quem lutar, então, porque também não tenho mais filho. Não vou arriscar minha vida inutilmente. O acordo está de pé? Não falo mais da trégua, falo do acordo mesmo, que você tinha proposto.

Joaquim

Está. A cerca fica onde está e eu lhe dou um pedaço de terra no baixio.

Antônio

De que tamanho?

Joaquim

O que eu tinha dito, a metade da que fica para mim aqui. A terra de lá é melhor.

Antônio

Você sabe perfeitamente que não tem direito a nada, mas, como você viu, não estou em situação de recusar. Aceito.

Joaquim

Vão chamar o juiz. *(Sai Gavião para a casa de Joaquim.)* Bem, acho que a luta termina aqui, quanto à terra. Mas quero dizer uma coisa a todos dois: nossas famílias estão separadas para sempre.

Entram o Juiz e o Delegado, com lanternas e uma trena.

O JUIZ

> Bem, passemos logo ao acordo, porque, como diziam os antigos, "*ubi solitudinem faciunt, pacem appellant*".

GAVIÃO

> Amém.

O JUIZ

> *(Medindo, com o DELEGADO.)* Da casa de Antônio Rodrigues, Senhor das Cacimbas, à cerca em litígio, distam... hum... dez metros.

O DELEGADO

> Anotado.

O JUIZ

> *(Idem.)* Da cerca em litígio à casa de Joaquim Maranhão, Senhor da Quixaba, distam... hum, hum... outros dez metros.

O DELEGADO

> Anotado.

O JUIZ

> O acordo será devidamente homologado, de acordo com o que preceitua o Código Civil, desde que paguem as custas devidas pela ação antes intentada, pela atual diligência e pelos bons ofícios da Justiça....

O DELEGADO

> ... E da Polícia....

O JUIZ

...Os bons ofícios da Justiça e da Polícia na solução do conflito, porque, como diziam os antigos, "*virtus post nummos*".

GAVIÃO

Amém. Que quer dizer isso?

O JUIZ

A virtude vem depois do dinheiro. Entendido?

ANTÔNIO

Entendido. Agora uma coisa, Senhor Juiz: eu desejo doar tudo o que tenho à minha sobrinha Rosa, sob a condição de ela só entrar na posse de tudo depois da morte de Joaquim.

FRANCISCO

Ele pode prejudicar minha herança assim?

O JUIZ

Não.

FRANCISCO

Está bem, era o que eu queria saber.

JOAQUIM

Há ainda uma coisa, doutor. Com o acordo feito, esta terra agora é minha, não é?

O JUIZ

É.

JOAQUIM

Bem. Na frente de todos quero então avisar que, de agora em diante, quem entrar na minha terra morre na mesma hora. *(Aos seus.)* Vocês estão ouvindo? Quem pegar qualquer um dessa gente dentro da minha terra, atire, sem perguntar o que foi que ele veio fazer.

ANTÔNIO

Eu estou pelo mesmo. Qualquer um, do lado de lá, que entrar na minha terra, seja homem ou mulher, morre.

JOAQUIM

É justo. Minha palavra está dada.

ANTÔNIO

A minha também.

O DELEGADO

Vamos então proceder às medições da terra no baixio.

Saem todos, menos FRANCISCO, CÍCERO e ROSA. Mas MARTIM, depois de ter saído, entra novamente, esgueirando-se, sem que os outros o vejam.

FRANCISCO

Cícero me deu o recado. Que há?

ROSA

Francisco, depressa, antes que notem nossa ausência. Meu pai vai me mandar para a Espinhara.

Francisco

    Quando?

Rosa

    De madrugada.

Francisco

    Com a situação como está, não há outro jeito: vamos fugir.

Rosa

    Não, fugida não.

Francisco

    Você não confia em mim?

Rosa

    Confio, Francisco, mas isso é contra a Lei de Deus.

Francisco

    Não temos tempo! Onde arranjar um padre que nos casasse agora?

Cícero

    Se a dificuldade é essa, eu resolvo. Vocês garantem não me envolver na história, quando Joaquim descobrir tudo?

Francisco

    Claro. Você daria um jeito?

Cícero

    Não, eu não! Já me arrisquei demais dando seu recado e não estou disposto a desafiar a morte desse jeito. Apenas, como vejo a decisão de vocês, tenho obrigação de evitar esse pecado, dizendo que vocês podem casar, dentro das leis da Igreja, sem o padre.

ROSA

É verdade? Sem pecado? Você jura?

CÍCERO

Juro, foi um padre que me ensinou. Não havendo, perto, um padre que faça o casamento, os dois chamam testemunhas, dizem que se recebem em casamento, como se fosse na Igreja, e estão casados diante de Deus. Vocês podem fazer isso, se não há outro jeito.

ROSA

Quem nos serviria de testemunha?

FRANCISCO

Manuel e Caetano. Cícero assistiria tudo, para nos explicar como é. Você ficaria, Cícero?

CÍCERO

Não.

FRANCISCO

Então eu vou roubar Rosa e o pecado cairá sobre você.

CÍCERO

Isso é uma violência e eu sou homem de paz e de religião.

Francisco

    Então tenha coragem e ajude-nos a obedecer a Deus e à Igreja.

Cícero

    Vocês juram que Joaquim nunca saberá que tomei parte nisso?

Rosa

    Juramos.

Cícero

    Então virei, com a condição de, depois, vocês irem procurar o padre para regularizar tudo.

Rosa

    Está bem.

Francisco

    Vamos para lá, então, combinarei tudo com Manuel e Caetano. Quando voltarmos, vamos ficar de olho: na primeira oportunidade, juntamo-nos aqui, cada um do lado de sua terra, e fazemos o casamento.

Saem. Martim sai do esconderijo. Entra Gavião.

Gavião

    Era Francisco?

Martim

    Era. Ele está planejando alguma coisa e parece que Rosa está de combinação com ele. Marcaram um encontro aqui para depois que terminasse a medição da terra.

GAVIÃO

Um encontro? Para quê?

MARTIM

Acho que é para derrubar a cerca, não ouvi direito. O melhor que temos a fazer é ficar aqui, de emboscada. Se eles tentarem alguma coisa, nós atiramos.

GAVIÃO

Vamos arriscar-nos sem precisão. É melhor prevenir Joaquim.

MARTIM

Não, ele é muito esquentado! Ficando a coisa a nosso cuidado, talvez não seja preciso ir longe, enquanto que, com ele, o tiroteio é certo. Vamos ficar nós dois. Se virmos que é mesmo alguma coisa com a cerca, damos um tiro pra cima e ele vem.

GAVIÃO

Não precisa mais tantos cuidados, o acordo não está feito? Você está levando a briga mais a peito do que Joaquim, meu irmão.

MARTIM

Então vá embora e deixe que eu faço tudo só.

GAVIÃO

Não, você ficando eu não vou deixá-lo!

MARTIM

    Cuidado, vem gente!

Saem. Entram JOAQUIM, ANTÔNIO, FRANCISCO, CÍCERO, CAETANO, MANUEL, o JUIZ e o DELEGADO.

O JUIZ

    Está tudo pronto e medido. Agora, dormir! O sono é o melhor remédio para certas ocasiões, com a cama, amante fiel sobre a qual nos deitamos, e o travesseiro, o melhor conselheiro do homem.

O DELEGADO

    Amém, digo eu.

ANTÔNIO

    Vamos, então. Nossas relações terminam aqui. Você sempre respeitou sua palavra e eu a minha.

Saem JOAQUIM e o JUIZ, para seu lado, ANTÔNIO e o DELEGADO para o seu.

FRANCISCO

    Vocês não estão achando isso esquisito? Onde estão os homens de meu tio?

MANUEL

    Devem ter saído. Com a conclusão do acordo, a vigilância vai afrouxar. Quando é que Rosa vem?

FRANCISCO

    O pai dela já se recolheu. Estejam preparados. Passeiem, como se estivessem de vigia na cerca. Eu e Cícero ficamos aqui.

    A luz apaga-se no quarto de JOAQUIM. ROSA sai por trás de casa.

FRANCISCO

    Rosa!

CÍCERO

    Bem, vamos depressa, porque quero sair daqui imediatamente.

FRANCISCO

    Manuel, Caetano! Cheguem! Logo, pelo amor de Deus!

CÍCERO

    Ponha a mão na dele. Rosa, você aceita Francisco por esposo, diante de Deus e destes dois homens, como manda nossa Santa Mãe, a Igreja?

ROSA

    Aceito.

CÍCERO

    E você, Francisco, aceita Rosa por esposa, diante de Deus e diante desses seus dois filhos, como manda nossa Santa Mãe, a Igreja?

FRANCISCO

    Aceito.

CÍCERO

    Vocês juram se apresentar ao padre, assim que puderem, para regularizar tudo?

FRANCISCO

    Juro.

ROSA

    Eu também juro.

CÍCERO

    Então estão casados, sejam felizes.

Sai CÍCERO, para a casa de ANTÔNIO. FRANCISCO abre a porteira e ROSA passa para a terra de ANTÔNIO. Aparecem MARTIM e GAVIÃO.

MARTIM

    Estão derrubando a cerca!

GAVIÃO

    Martim, espere!

FRANCISCO

    Corra, Rosa!

ROSA corre em direção ao quarto de FRANCISCO, que ficou com a porta aberta.

MARTIM

    (Tentando passar a porteira.) Rosa!

FRANCISCO

    Não venha para cá não, que morre!

MARTIM

    Rosa! Cachorro, eu vou lhe mostrar...

Passa a porteira e vai correr. FRANCISCO atira e MARTIM cai. ROSA entra no quarto de FRANCISCO.

GAVIÃO

    Martim, meu irmão!

MARTIM

    Adeus, Gavião! Diga a Rosa que eu morro por causa dela!

GAVIÃO

    Martim! Cachorro, você o matou!

FRANCISCO

    Matei para não morrer!

GAVIÃO

    Você há de pagar a vida dele!

Entram JOAQUIM e ANTÔNIO, armados.

JOAQUIM

    Que foi que houve aqui?

CAETANO

    O primo do senhor desrespeitou o acordo. Passou a cerca armado, e Francisco matou-o.

JOAQUIM

    É verdade, Gavião?

GAVIÃO

    É.

ANTÔNIO

    Assumo a responsabilidade dessa morte, ela foi feita cumprindo uma ordem minha. Porque se trate de meu filho, não, já disse que não tenho mais filho. Mas ele matou como se estivesse do meu lado. Tem alguma coisa a dizer?

JOAQUIM

    Não, palavra é palavra. Passem o corpo para cá, quero que ele seja sepultado em terra minha.

ANTÔNIO

    Está bem. Caetano, Manuel, fiquem aqui na cerca. Todo cuidado é pouco.

Entra em casa.

FRANCISCO

    Entrei também no domínio da morte. Deus sabe, porém, que não foi por minha vontade!

GAVIÃO

(Baixo, a Joaquim.)

Joaquim, foi para defender Rosa que Martim morreu. Ela foi roubada; esse cachorro de Francisco está com ela em casa!

JOAQUIM

Eu sei, quando ouvi o tiro, tive um pressentimento e fui logo ao quarto dela. Estava vazio. Eu fingi não saber, para não prevenir os outros e me vingar melhor. Ela está com o filho de Antônio Rodrigues, você disse. É o mau sangue da mãe! Chame todo mundo. A madrugada sai já: Antônio não espera o ataque e deve estar desprevenido, porque acredita que respeitarei o acordo. Mas não mantenho palavra agora, que se trata da honra de minha filha. Chame todo mundo! Diga que se escondam em redor de minha casa, porque vou tomar minha filha de volta e aquele cachorro morre hoje, de qualquer jeito!

FIM DO SEGUNDO ATO.

Terceiro Ato

O mesmo lugar. O Delegado *sai da casa de* Antônio *e vai até perto da casa de* Joaquim.

O Delegado
    Senhor Juiz! Senhor Juiz!

O Juiz
    (Aparecendo na casa de Joaquim.) Quem é? Quem me chama?

O Delegado
    Sou eu.

O Juiz
    É você, Senhor Delegado? Que há?

O Delegado
    Vamos embora daqui, já. A filha de Joaquim Maranhão está aqui, no quarto do rapaz.

O Juiz
    Você está louco?

O Delegado
    Não, vi tudo. É ela, e está no quarto, na cama do rapaz.

O Juiz
    Fazendo o quê?

O Delegado
    Brigando.

O JUIZ

> Brigando? Como um cavalo briga com outro, mordendo e arranhando?

O DELEGADO

> Eles mordiam e se arranhavam, mas estavam brigando mais como um cavalo briga com uma poldra.

O JUIZ

> Que absurdo! Como foi que você viu isso?

O DELEGADO

> Ouvi o barulho e fui olhar pelo buraco da fechadura. Já faz mais de duas horas que estão lá!

O JUIZ

> Tem certeza?

O DELEGADO

> Tenho tanta que não fico aqui mais nem um minuto. Vai haver tanto tiro aqui que já estou sentindo o cheiro da pólvora. Vou aproveitar a escuridão da noite que ainda resta e vou-me embora para a sede da comarca. Que acha o Meritíssimo?

O JUIZ

> Acho que a prudência é a rainha das virtudes; e, uma vez que o homem da guerra foge, a Justiça acompanha.

Saem pela estrada, correndo. ANTÔNIO *sai de casa, com* MANUEL, CAETANO *e* CÍCERO.

ANTÔNIO

Manuel! Caetano! Venham cá! *(Os dois saem da casa de* ANTÔNIO *e vêm até ele.)* Vocês ouviram? Ouvi um barulho, saí de casa, escondi-me aqui e vi o juiz e o delegado fugindo. Eles disseram aqui que Rosa está no quarto com Francisco. Vocês sabem alguma coisa? É verdade?

CAETANO

É.

ANTÔNIO

Ele roubou Rosa?

CÍCERO

É melhor que ele mesmo explique.

ANTÔNIO

A mim não interessa nem ela nem ele. O que me preocupa é que, se essa mulher está aqui, pode ser que Joaquim rompa o acordo.

MANUEL

Não é possível que ele faça isso, a palavra do homem é sagrada.

ANTÔNIO

    É verdade e, com toda a ruindade, Joaquim sempre foi homem de palavra. Em todo caso, é melhor prevenir. Vão para o alto do tabuleiro e, se ouvirem barulho de tiro por aqui, vocês já sabem que o acordo foi rompido. Então, derrubem a cerca.

CAETANO

    Não será melhor ficarmos aqui com o senhor? Já tem gente no tabuleiro.

ANTÔNIO

    Gente moça, sem experiência. Quero alguém mais velho lá e é para ser vocês dois. Aqui, basto eu. Com Rosa em minha casa, Joaquim fica onde ela estiver. Assim, enquanto ele luta aqui por causa da filha, eu derrubo a cerca lá e tomo a terra que foi de meus pais. *(Erguendo o rifle, de repente, armando-o.)* Esperem, vem alguém do lado da cerca! Quem vem lá? Pare, senão eu atiro!

Entra INÁCIO, vagarosamente, pela estrada.

INÁCIO

    Não atire, sou eu.

MANUEL

    É o retirante! Você voltou?

ANTÔNIO

    Que é que você vem fazer aqui?

INÁCIO

    Ao senhor, posso dizer, uma vez que é inimigo do outro: vim vingar a morte de meu filho. Deixei a família na rodagem, debaixo de um juazeiro, e vim. Mas, como não tenho rifle, vim pedir ao senhor que me arranje um, porque se eu for de faca, posso morrer antes de matá-lo.

ANTÔNIO

    Eu bem que gostaria de lhe dar um rifle, mas agora não posso. Por que não me pediu logo depois que seu filho morreu?

INÁCIO

    Naquela hora, ele estava cercado de homens armados. Eu tinha de me fazer de conformado, pra pegá-lo desprevenido. É o que venho fazer agora.

ANTÔNIO

    Infelizmente, fizemos um acordo e dei minha palavra a Joaquim de não levantar o braço contra ele. Tenho que respeitar minha palavra, por mim e por meus homens.

INÁCIO

    Então o senhor me deixe ficar em sua casa, até que o dia amanheça.

Antônio

    Isso posso deixar, contanto que você não se valha de minha casa para emboscá-lo. Assim que o sol sair, você deixa minha casa por trás e vai para a estrada. Daí em diante, não tenho mais nada com isso, resolva o assunto entre você e Joaquim.

Inácio

    Está bem, aceito. Irei para a estrada, ele passará por lá, se for para o cercado. Aí, vingo meu filho, de faca, ou morro para ficar com ele.

    Entra na casa de Antônio.

Antônio

    Francisco! Saia, quero falar com você! *(Entram Francisco e Rosa.)* Saiam, já sei de tudo, ouvi o delegado comentando. Quero dizer que se faço estas perguntas, é somente porque vocês cometeram um ato que põe minha vida em perigo. Não tenho nada a ver nem com você nem com a honra de Rosa. Você veio para cá porque quis?

Rosa

    Vim.

Antônio

    E é capaz de sustentar isso diante de seu pai?

ROSA

Sou.

ANTÔNIO

Era isso que eu queria saber. Assim, aquele assassino não pode dizer que minha família faltou à palavra. Quanto a vocês dois, saiam de minha casa assim que amanhecer. Com você, Francisco, não tenho mais nada a ver, como já disse. Quanto a Rosa, continua a ser minha sobrinha, mas em minha casa, até o dia de hoje, só pisaram mulheres honradas.

FRANCISCO

Rosa é tão honrada quanto minha mãe!

ANTÔNIO

Cale-se, desgraçado! Diga outra vez uma coisa dessa e mato você como quem mata um cachorro!

FRANCISCO

Ela casou-se comigo antes de vir. Cícero está aí e pode servir de prova!

ANTÔNIO

É verdade, Cícero?

CÍCERO

É, Antônio. Só falta o padre regularizar tudo. Mas quanto às leis de Deus e da Igreja eles estão tão casados quanto você.

Antônio

    É o que importa, o resto é secundário. É verdade, então! Deus seja louvado! Rosa, minha filha, peço-lhe que me perdoe!

Rosa

    Meu tio!

Antônio

    (Abraçando-a.) Minha filha! É pena que seu casamento tenha se dado nessas condições. Mesmo assim, Deus abençoe você!

Francisco

    Meu pai, peço-lhe também que me perdoe tudo, o rancor com que cheguei e algumas das coisas que lhe disse! Uma coisa, porém, eu quero explicar: quando eu disse a meu tio que se fosse dono da terra faria o acordo com ele, estava apenas fingindo. Eu já desejava ficar a seu lado e casar com Rosa e foi para desviar a atenção dele que me fingi de ambicioso. Foi por isso que eu disse aquilo. Isso porém não atenua o outro fato, o ressentimento com que cheguei. Tudo me parecia trancado e duro, nesta terra em que o sol seca tudo. Mas agora, com Rosa, parece que meu coração se desatou. Peço-lhe que me abençoe também e me deixe ficar do seu lado, se a briga recomeçar, seja pela terra, seja por nossa causa.

ANTÔNIO

>Meu filho, seja abençoado o nome de Deus por essa alegria que Ele me dá! E que Ele abençoe vocês dois e nos traga muitos filhos, conservando-nos juntos por mais algum tempo, para que eu possa vê-los e abençoá-los, como faço a vocês.

FRANCISCO e ROSA

>*(De joelhos.)* Amém.

CÍCERO

>Bem, eu vou-me embora, enquanto a briga não começa. Talvez Joaquim queira me matar, por causa do casamento. Adeus, Antônio.

ANTÔNIO

>Adeus, Cícero.

CÍCERO

>Adeus, Rosa, adeus, Francisco! Sejam felizes.

FRANCISCO

>Adeus, Cícero. E Deus lhe pague o que fez. Louvado seja Nosso Senhor Jesus Cristo!

CÍCERO

>Para sempre seja louvado o Seu santo nome!

Sai pela estrada.

ANTÔNIO

Agora, é preciso todo cuidado, meus filhos! Mas creio que não há nada a temer: nós não faltamos com nossa palavra. Espero que seu pai cumpra a dele. Joaquim sempre foi homem de honra.

FRANCISCO

Temos certeza de que ele cumprirá.

ANTÔNIO

É preciso prevenir sua mãe de tudo. Eu vou.

Entra em casa.

FRANCISCO

Rosa, meu amor! Você sofreu muito?

ROSA

Um pouco! Mas, ao mesmo tempo, me sentia muito feliz, por sua causa.

FRANCISCO

Eu me senti tão bruto! Mas, d'agora em diante, você também será feliz. Temos muito tempo à nossa frente!

ROSA

Será que temos mesmo, Francisco?

FRANCISCO

Você acha que não? Está com algum pressentimento?

ROSA

Não.

FRANCISCO

    Você acha que seu pai vai faltar à palavra?

ROSA

    Acho que não.

FRANCISCO

    Você fala com um jeito tão triste... Está magoada comigo?

ROSA

    Não, nunca! Nunca mais me esquecerei desta noite!

FRANCISCO

    Nem eu. Com a janela aberta, eu sentia o cheiro do mato! Você sentiu?

ROSA

    Não sei.

FRANCISCO

    A madrugada está alta, mas, mesmo assim, estava muito escuro, e a noite cheirando muito. A terra daqui é cheirosa, principalmente de noite. Era disso que eu sentia mais falta, quando estava longe. Rosa! Ah, se você tivesse um filho! Será que o que aconteceu hoje já dá?

ROSA

    Não sei, acho que não. Eu não sei nada sobre isso, mas você me ensinará.

FRANCISCO

    Você foi feita para ter filhos, pelo corpo a gente vê. Quando foi a última vez...

ROSA

    O quê?

FRANCISCO

    Que seu sangue se abriu, que você teve sangue?

ROSA

    Não sei, acho que foi há uns dez dias.

FRANCISCO

    Dizem que é o tempo melhor para engravidar, mas depende também da lua, e a lua hoje foi boa. Cícero benzeu você com água nova e folhas de manjericão. Isso é bom.

ROSA

    Mas quando meu pai descobrir, Francisco?

FRANCISCO

    Ele vai descobrir de qualquer jeito, assim é melhor que seja logo. Assim que o sol nascer, ele vai sentir sua falta. Mas terá que se conformar: depois do que aconteceu, você tem que ficar comigo, senão fica desonrada. E meu tio, sabendo que nós casamos, não se importará. Em último caso, mesmo que não concorde, ele terá de respeitar a palavra que deu.

ROSA

    (Temerosa de repente.) Que foi isso?

FRANCISCO

Não sei. Você ouviu alguma coisa?

ROSA

Ouvi assim um sussurro, como um gato andando! Ah, meu Deus, meu pai vem aí, tenho certeza! Entre, venha, Francisco!

FRANCISCO

Mas Rosa, você está aterrorizada!

ROSA

Francisco, eu lhe peço por tudo quanto é sagrado que não fique aqui, agora! Venha comigo, pelo amor de Deus!

FRANCISCO

Está bem, vamos!

Entram no quarto de FRANCISCO. INOCÊNCIA sai por outra porta e vai até a cerca.

INOCÊNCIA

Joaquim! Joaquim! Donana!

Entram DONANA e JOAQUIM.

JOAQUIM

Não passe a porteira não que morre! Que é?

INOCÊNCIA

    Quero falar com você, Joaquim. Você já sabe o que houve entre Francisco e Rosa?

JOAQUIM

    Já!

INOCÊNCIA

    Eu vim para lhe dizer que não houve pecado entre eles, meu irmão. Antes de Rosa vir para cá, casou-se com Francisco.

DONANA

    Louvado seja Deus por isso! É verdade, Inocência?

INOCÊNCIA

    É, Cícero casou os dois de um jeito que o padre ensinou a ele para quando não houvesse possibilidade de casar de outro modo. Rosa queria vir e veio porque quis. Mas disse a Francisco que só iria com ele casada. E meu filho obedeceu a ela.

DONANA

    (Súplice.) Joaquim!

JOAQUIM

    (Brutal.) Que é que você quer?

DONANA

    Deixe a menina em paz! Ela não casou, não obedeceu à Lei de Deus? Francisco é seu sobrinho e agiu dentro da honra e da religião. Vivi com a mãe dela o tempo todo, aqui. Depois criei Rosa também. Durante esse tempo todo, nunca lhe pedi nada. Peço agora: deixe Rosa viver em paz com Francisco!

JOAQUIM

Ela não tinha tudo em casa? Para que quis ir embora?

DONANA

É a Lei de Deus também, deixar pai e mãe para seguir o marido. Não se pode viver como filho o tempo todo.

JOAQUIM

Aqui ela tinha tudo! Ela gostava do mato, e tinha o mato. Era uma moça esquisita, eu nunca reclamei. Ela gostava do gado, e eu tinha gado para ela!

INOCÊNCIA

Mas ela casou! Isso não muda tudo?

JOAQUIM

(Despertando, com os dentes cerrados.) É verdade, isso muda tudo.

INOCÊNCIA

Do lado de cá, todos nós mantivemos a palavra. Ela veio porque quis. Se você quiser, eu chamo Rosa para dizer isso aqui, na sua frente.

JOAQUIM

Não, não quero mais ver Rosa, nunca mais! Quanto à palavra de vocês, acredito. Ela sim, foi quem me traiu. Assim, minha palavra está dada e podem confiar. Mas não quero mais vê-la. Nem quero relações com vocês, como aliás já tinha dito.

INOCÊNCIA

    Está bem. Vou comunicar a Antônio e a Francisco que você mantém sua palavra. Isso já é muito para nós. Espero que, um dia, essa separação de terra e de família desapareça.

JOAQUIM

    Você faz bem, em esperar! *(INOCÊNCIA entra em casa.)* Você sabia que Rosa ia embora daqui?

DONANA

    Não! Mas, se soubesse, não teria feito nada para impedi-la.

JOAQUIM

    Está bem, não me interessa o que você faria ou não, o que me interessa é o que ela fez. Entre!

DONANA

    Você fica?

JOAQUIM

    É preciso vigiar a cerca. Entre você!

DONANA

    Quando o dia amanhecer, tomo meu destino. Não tenho mais o que fazer aqui!

DONANA entra na casa de JOAQUIM. Entra GAVIÃO, como quem estava escondido.

JOAQUIM

Você ouviu tudo?

GAVIÃO

Ouvi. Você vai manter a palavra?

JOAQUIM

Quanto à terra, sim. Mas minha filha estava fora do que jurei. E mesmo que não estivesse, não tenho palavra quando se trata dela. Você fica do meu lado?

GAVIÃO

Fico.

JOAQUIM

Até o fim?

GAVIÃO

Até o fim. Agora, que mataram meu irmão, tenho que vingá-lo de qualquer jeito.

JOAQUIM

Então está bem. Vamos ficar ali, escondidos. Quando chegar a hora de agir, eu aviso!

Escondem-se. Entram ANTÔNIO, FRANCISCO *e* ROSA.

ANTÔNIO

Está vendo? Não há ninguém, os homens de Joaquim desapareceram. Estou desconfiado disso. Vou buscar Caetano e Manuel no tabuleiro, é melhor que eles fiquem por cá. Você fique aqui, vigiando, enquanto saio. Mas tenha cuidado, todo cuidado é pouco.

FRANCISCO

Meu pai!

ANTÔNIO

Que é?

FRANCISCO

Se houver briga, estou de seu lado. E, agora, é para nunca mais!

ANTÔNIO

Eu sei, meu filho, e sei que devo isso a Rosa. Agora tenho coragem para tudo, de novo.

FRANCISCO

Se me acontecer alguma coisa, quero que o senhor tome conta dela. E de meu filho, se aparecer algum.

ANTÔNIO

Está bem. Até já.

Sai. GAVIÃO, por trás de FRANCISCO e ROSA, sem ser visto por eles, joga uma pedra para dentro da casa de ANTÔNIO.

ROSA

Que foi isso?

FRANCISCO

    Parece que foi lá em casa. Será que estão atacando por trás? Vou ver!

ROSA

    Meu Deus, Francisco! Você está armado?

FRANCISCO

    Não.

ROSA

    Pegue o rifle, na sala!

FRANCISCO corre para casa. GAVIÃO e JOAQUIM saem do esconderijo. O primeiro pula a cerca e vai se aproximando de ROSA por trás, ao mesmo tempo que JOAQUIM surge diante dela, que, aterrorizada, não dá uma palavra.

JOAQUIM

    Rosa, não tenha medo. Vim somente para falar com você, porque não acredito no que estão dizendo. Disseram aqui que você tinha ido para a casa daquele cachorro, como uma cachorra no cio. Mas eu só acredito se ouvir isso de você mesma. É verdade?

ROSA

    É verdade, mas eu juro por Deus, meu pai, que vim casada!

Joaquim

Para mim não faz diferença.

Rosa

Então, de acordo com o que foi jurado pelo senhor e por meu tio, quero ficar aqui e espero que o senhor respeite a terra de Francisco, de acordo com a palavra que deu.

Joaquim

(Vendo que GAVIÃO já vai segurá-la.) Se fui eu que dei, eu mesmo posso tirar. Não tenho palavra quando se trata de ver minha filha transformada numa égua! Agora, Gavião!

Gavião, por trás de Rosa, passa-lhe um lenço na boca, amordaçando-a. Joaquim passa rapidamente pela porteira, domina a filha e leva-a para o alpendre de sua casa. Chegando lá, retira a mordaça. Rosa, sem pensar no que está fazendo, grita pelo marido, que acorre.

Rosa

Francisco! *(Lembrando-se de que o está chamando para a morte.)* Não, não! Volte, Francisco!

Joaquim

Gavião, ela deve ficar na sala! Aponte o rifle para a cabeça dela!

Gavião leva Rosa para o interior da casa, com o rifle apontado para a cabeça dela.

FRANCISCO

(Da cerca.) Covarde! Você me paga essa!

JOAQUIM

Quem vai me pagar é você! Solte o rifle, senão Rosa morre agora mesmo. Se você resistir, o primeiro tiro é na cabeça dela, dei ordem para isso a Gavião e você sabe que ele obedecerá por causa da morte do irmão. Você está só aí, eu estava escondido e ouvi tudo. Sua casa está cercada por meus cabras, você não tem por onde escapar.

FRANCISCO

O que é que você pretende com isso?

JOAQUIM

O que é que eu pretendo? Você ainda pergunta, cachorro? Eu não lhe disse que não tocasse na minha filha?

FRANCISCO

Ela já é minha mulher!

JOAQUIM

Ela não é mulher de cachorro nenhum, porque, mesmo que fosse, você vai morrer, Francisco. Vou matá-lo por causa do que vocês fizeram! Mas vou fazer tudo isso ainda por cima tomando a terra de vocês, como já tomei. Antônio não vai poder dizer que faltei à minha palavra.

FRANCISCO

A sua palavra! Agora sei quanto ela vale! Você é um traidor, um homem sem honra! Como é que você ainda tem a falta de vergonha de falar em palavra, quando tirou Rosa daqui?

JOAQUIM

Eu não tirei, ela veio porque quis! O que fiz, foi prendê-la, mas já depois que ela estava na minha terra!

FRANCISCO

Mentira sua! Para que ela iria aí?

JOAQUIM

Veio pedir que eu a perdoasse e não matasse você. Quando soube, por mim, que isso era impossível, quis correr de volta. Mas, aí, era tarde. Ela já estava na minha terra e eu a prendi em casa, exercendo meu direito. Foi aí que você veio. Minha palavra está de pé. Mas, agora, é ou ela ou você!

FRANCISCO

Que é que você pretende?

JOAQUIM

Matá-lo, já disse. Mas matá-lo sem perigo, nem para mim, nem para a terra. Você passa a porteira, desarmado, e, aqui, na minha terra, vou matá-lo. Antônio Rodrigues não terá nada a reclamar, não vou dar a ele o gosto de vingar o filho tomando a terra de volta.

FRANCISCO

E se eu não obedecer?

JOAQUIM

Bem, aí Rosa morre. Ela já está desonrada, para mim tanto faz, é até melhor morta, porque não fica essa vergonha me olhando a toda hora. Assim, escolha, porque a hora chegou.

FRANCISCO

Se eu obedecer, você garante a vida dela?

JOAQUIM

Garanto.

FRANCISCO

E se ela tiver um filho meu, você jura que deixa os dois irem para a casa de meu pai?

JOAQUIM

O filho sim, não quero seu sangue na minha casa. Mas ela, não, vai ficar comigo.

FRANCISCO

Não tenho para onde fugir, aceito. Mas quero me garantir de que você vai cumprir mesmo a palavra. Você vai deixar que eu fale com Rosa.

JOAQUIM

    Você jura que não tentará tomá-la de mim?

FRANCISCO

    Eu já dei minha palavra, pode ficar descansado. Quero somente me despedir dela. Mas se Rosa entender que fizemos uma troca, que é minha vida pela dela, não aceita. É melhor que eu diga outra coisa. Você então confirme o que eu disser.

JOAQUIM

    Para mim, quanto mais fácil correr tudo, melhor. Você dá sua palavra de que não resiste?

FRANCISCO

    Dou.

JOAQUIM

    Então pode vir para cá. Tire as balas do rifle.

FRANCISCO

    Primeiro, mande trazer Rosa.

JOAQUIM

    É justo. Mas o primeiro movimento que você fizer, eu atiro nela. Assim que eu deixar Rosa ir para perto de você, você esvazia o rifle. Está certo?

FRANCISCO

    Está.

JOAQUIM

    Muito bem. Agora venha. *(FRANCISCO passa a porteira e vai para o lado da terra de JOAQUIM.)* Fique ali, junto da cerca, perto da estrada. Eu quero falar com Rosa antes de você, preciso me prevenir. Você vai dizer a ela que vai embora de novo para o lugar de onde veio.

FRANCISCO

Está bem.

JOAQUIM

Gavião, traga Rosa. *(GAVIÃO obedece.)* Vigie Francisco, não deixe que ele se aproxime daqui de jeito nenhum! Cuidado, ele está armado.

GAVIÃO

Está bem.

Leva FRANCISCO para o fundo da cena. JOAQUIM desamordaça ROSA.

ROSA

Francisco!

JOAQUIM

(Segurando-a.) Não deixe os dois se aproximarem. Se você desobedecer...

FRANCISCO

Eu já dei minha palavra!

Mantém-se no fundo da cena.

JOAQUIM

Rosa, eu quero falar com você. Fiz um acordo com Francisco.

ROSA

Eu já conheço seus acordos, meu pai.

JOAQUIM

Você está vendo Francisco armado e em minha terra? Se eu quisesse matá-lo, já tinha direito a isso, porque ele passou a cerca.

ROSA

Estou vendo.

JOAQUIM

O que acontece é que resolvi pensar melhor, a respeito do casamento de vocês dois. Fiz então uma proposta e ele aceitou. Francisco vai voltar para o lugar de onde veio, enquanto eu me informo com o padre se esse casamento está certo mesmo. Se estiver, eu deixo você viver com ele. Em troca, a terra fica para mim, ele me garantiu arranjar tudo de uma vez com Antônio Rodrigues. O que me interessa mesmo é a terra, o que interessa a Antônio é Francisco, o que interessa a Francisco é você. Com isso, não será difícil chegarmos a um acordo.

ROSA

É verdade? É verdade o que você está me dizendo, meu pai?

JOAQUIM

Francisco mesmo vai lhe dizer isso, agora! Mas tem uma coisa, Rosa: eu tive um momento de irreflexão e desrespeitei minha palavra. Se os outros souberem disso, estarei desonrado para sempre. Você quer ver seu pai, seu sangue, com essa vergonha para o resto da vida?

ROSA

Não.

JOAQUIM

Eu lhe juro que essa foi a primeira e última vez que isso acontece. Mas se Antônio e Francisco souberem que isso aconteceu, vai tudo d'água abaixo: nem seu casamento mais poderei fazer, porque eles não acreditarão mais em mim. Só quem sabe do que aconteceu é você. Gavião também, mas é outro interessado em não dizer nada. Você jura, em nome de Deus, não dizer nada a Francisco?

ROSA

O senhor deixa eu viver com ele, meu pai?

JOAQUIM

Deixo. Não tinha criado você para isso, mas, se não tem outro jeito, deixo.

ROSA

Então eu juro. Mas eu queria ouvir isso de Francisco.

JOAQUIM

    Foi para isso que eu chamei você. Pode ir falar com ele.

ROSA encaminha-se para FRANCISCO, que esvazia a carga do rifle e vem a seu encontro.

FRANCISCO

    Rosa!

ROSA

    É verdade o que meu pai me disse? Você vai embora?

FRANCISCO

    Vou.

ROSA

    Meu pai disse ainda que, quando você voltasse, ele deixava eu viver com você, se o casamento fosse aprovado pelo padre. Você fez, mesmo, esse acordo com ele?

FRANCISCO

    Fiz.

ROSA

    Quando é que você vai embora?

FRANCISCO

    Vou agora mesmo.

ROSA

    Por que tão depressa?

FRANCISCO

Foi seu pai que exigiu. É melhor assim; nós esperamos um pouco e depois ficamos juntos para o resto da vida, sem termos que brigar a vida toda contra ele.

ROSA

Francisco! Você, me deixar agora!

FRANCISCO

Escute o que vou dizer, Rosa, e não se esqueça nunca do que ouvir. Nós tivemos tudo. Tem gente que passa a vida toda esperando o que nós tivemos e nunca consegue. Eu tive você e você me teve. Se você estiver grávida, a terra vai ficar para o menino, já que não pode ficar para nós.

ROSA

Não pode ficar para nós? Por quê? O que é que você quer dizer?

FRANCISCO

Nada, somente isso mesmo que disse. Seu pai não vai renunciar à terra agora, por isso eu falei desse modo. Quanto a mim, vou-me embora.

ROSA

Eu quero ir com você.

FRANCISCO

Não pode ser não, Rosa, eu prometi a seu pai.

ROSA

Foi tão pouco o tempo que nós tivemos, Francisco! Você me chamou e eu vim. Mas nós falamos tão pouco um com o outro, eu fui sempre tão calada! Agora, você vai embora de novo! Para onde?

FRANCISCO

Eu vou voltar para o Circo, vou viajar de novo. Você cuida de meu filho, se ele nascer?

ROSA

Cuido. Mas você vai demorar tanto assim?

FRANCISCO

Talvez, não sei. Se eu puder, volto antes. Adeus, Rosa.

Abraçam-se e beijam-se.

JOAQUIM

Acabem com essa cachorrada aí!

FRANCISCO

Entre em casa, Rosa! Agora! De outra forma não terei coragem de ir.

ROSA

Não, você está falando de um jeito tão triste!

FRANCISCO

Vá, sem se voltar, peço isso como você me pediu há pouco: por tudo quanto é sagrado.

ROSA

>Está bem, eu vou!

FRANCISCO

>Por favor, não olhe para trás. Você jura que não olha?

ROSA

>Juro.

FRANCISCO

>Então vá. E, se estiver grávida, se meu filho nascer enquanto eu estiver fora, você diga a ele...

ROSA

>O quê?

FRANCISCO

>Nada! De qualquer forma, eu não teria tempo de dizer o que quero. Adeus, Rosa!

ROSA

>Adeus.

Entra na casa de JOAQUIM.

JOAQUIM

>Agora me dê o rifle.

FRANCISCO

>Está aí. Vai ser agora?

JOAQUIM

>Vai.

Francisco

    Onde?

Joaquim

    Aqui mesmo.

Francisco

    Tenho um pedido a lhe fazer.

Joaquim

    O que é?

Francisco

    Quero rezar antes de morrer e quero ser enterrado na cacimba que mandei cavar.

Joaquim

    Está certo, digo isso a seu pai. Bem, agora você está desarmado e posso lhe dizer que você vai morrer em vão, se é que morre por causa de Rosa e do filho que ela possa ter. Não quero seu sangue na minha casa, Francisco. Assim, é melhor que não nasça menino nenhum, porque se ele nascer, morre no mesmo dia. E saiba também que tirei Rosa de sua terra à força. Não tenho palavra para um cachorro, que transformou minha filha numa égua!

Francisco

    Cachorro!

Salta sobre ele.

GAVIÃO

    Cuidado, Joaquim!

    Atira em FRANCISCO, que cai no chão. JOAQUIM, por trás de GAVIÃO, atira nele.

GAVIÃO

    Você, amaldiçoado!

JOAQUIM

    O que eu fiz não pode ter testemunhas. Adeus, Gavião!

    Dá-lhe outro tiro e ele morre. ANTÔNIO entra, correndo, com CAETANO e MANUEL.

ANTÔNIO

    Que foi que houve aqui? Francisco! Meu filho!

JOAQUIM

    Rosa quis voltar para casa, Antônio Rodrigues, e seu filho invadiu minha terra para retomá-la. Gavião correu para impedi-lo e Francisco matou-o. Eu então atirei em Francisco.

ANTÔNIO

    Meu filho, por que você fez isso? Ia começar tudo agora!

JOAQUIM
Ele pediu para ser enterrado na cacimba que mandou cavar. Veja que atirei nele garantindo minha terra e minha vida. Você garante a minha?

ANTÔNIO
Minha palavra está de pé, como sempre esteve.

JOAQUIM
Então, podem vir buscar o corpo dele. Você consente que Gavião seja enterrado com ele?

ANTÔNIO
Se você me pede isso como coisa de religião, consinto: Gavião foi morto por Francisco, foi morto como homem, cumprindo a obrigação dele. Mas se você puder dispensar, peço que dispense: quero esse pedaço de terra só para meu filho.

MANUEL
Deixem tudo por minha conta, eu me encarrego de enterrar os dois. Francisco fica no lugar dele e fica só.

ANTÔNIO
Onde está Rosa? Quero falar com ela.

JOAQUIM
A situação é a mesma que lhe disse, não quero relações de vocês nem comigo nem com minha família. Rosa voltou para casa porque quis e aqui há de ficar. Agora que ela está viúva, não tenho que prestar contas dela a ninguém. Com Francisco morto,

é como se ela nunca tivesse deixado de estar solteira. E é no seu quarto de solteira que ela há de ficar.

ANTÔNIO

E se Rosa tiver um filho, Joaquim?

JOAQUIM

Aí é diferente, você pode ficar com ele. Faço questão disso, não quero esse menino em minha casa de jeito nenhum. Mas até esse nascimento — se é que ele vai haver — você não bota os olhos em cima de Rosa. Nem você, nem ninguém mais neste mundo.

ANTÔNIO

Está no seu direito, ela é viúva e voltou para sua casa.

JOAQUIM

Então, mais uma vez, adeus. Espero que nossa palavra seja suficiente para garantir a paz e a terra.

ANTÔNIO

A minha palavra está de pé, como sempre esteve, Joaquim. Quanto a isso, a morte de meu filho não altera nada.

Entra em casa. JOAQUIM *entra na sua.* CAETANO *e* MANUEL *começam a preparar o enterro de* FRANCISCO, *depois de terem levado o corpo de* GAVIÃO *para fora de cena.*

CAETANO

> Coitado de Francisco, tão moço e morrer assim! Quem diria que a cacimba que ele mandou abrir com tanto gosto serviria de cova para ele? Assim é a vida. Os pais, coitados, é que vão sofrer!

MANUEL

> E Rosa, Rosa principalmente.

CAETANO

> Ela? Acho que não. Não voltou para a casa do pai? Foi ela quem matou Francisco, pode-se dizer.

MANUEL

> Cale a boca, a mãe dele vem aí.

Entram ANTÔNIO e INOCÊNCIA.

INOCÊNCIA

> Francisco, meu filho! Tão moço, tão bonito!

ANTÔNIO

> Deixe, é preciso acabar o enterro.

INOCÊNCIA

> Criei meu filho. Um dia, ele foi embora, pela estrada. Eu não disse nada, plantei meu roçado: era dia e noite cavando a terra. Agora, ele vai para a terra e estou sozinha de novo!

ANTÔNIO

> Venha rezar, mulher!

MANUEL

    Ave Maria, cheia de graça, o Senhor é convosco, bendita sois vós entre as mulheres, bendito é o fruto de vosso ventre, Jesus.

INOCÊNCIA e ANTÔNIO

    Santa Maria, Mãe de Deus, rogai por nós, pecadores, agora e na hora de nossa morte, amém.

CAETANO

    Seu Antônio! Patrão!

ANTÔNIO

    Que é?

CAETANO

    Venha cá, perto da cerca, ver uma coisa!

ANTÔNIO

    Que há?

CAETANO

    Avistei o rifle de Francisco e puxei-o para o lado de cá. Está descarregado!

ANTÔNIO

    O quê, Caetano? Que é que você está me dizendo? Deixe ver! É verdade!

CAETANO

    Seu Joaquim Maranhão não disse que ele passou a cerca e matou Gavião?

ANTÔNIO

    Foi!

CAETANO

   Como pode ter sido, se o rifle está descarregado? Será que só tinha uma bala e a casca saltou fora?

ANTÔNIO

   Não, não pode ter sido assim, porque eu mesmo carreguei esse rifle! Coloquei a carga toda!

CAETANO

   Então Seu Joaquim mentiu, houve aqui alguma trapaça!

ANTÔNIO

   Fogo do inferno! Fale baixo, para minha mulher não ouvir! É preciso saber o que aconteceu. Rosa deve saber alguma coisa, foi por isso que ele resolveu prendê-la para o resto da vida. Joaquim disse aqui que Rosa ia ficar enterrada no seu quarto de solteira. Você sabe qual é esse quarto?

CAETANO

   Não, mas ouvi Rosa e Francisco dizendo que tinham olhado um para o outro, ele no quarto dele e ela no dela.

ANTÔNIO

   Então é esse quarto aí da frente. É preciso tirar Rosa de lá.

CAETANO

   Se o senhor quer, eu vou agora mesmo!

ANTÔNIO

    Não posso dar esta ordem, dei minha palavra de respeitar a terra e a casa dele, por mim e por meus homens.

CAETANO

    Seu Joaquim não respeitou a dele.

ANTÔNIO

    Nós ainda não temos certeza. Francisco pode ter feito qualquer mudança na carga do rifle e eu sou um homem de honra, Caetano. Só quando tiver certeza de que Joaquim faltou à palavra dele é que posso fazer uma coisa dessas. Antes, não. Nem eu nem vocês podemos entrar na terra dele.

CAETANO

    Um momento, patrão! Acho que existe um jeito de soltarmos Dona Rosa, sem faltar a nossa palavra.

ANTÔNIO

    Qual é?

CAETANO

    É por Inácio, o retirante! Ele não deu a palavra nem o senhor deu por ele, porque é de fora e não tem nada conosco. A briga dele é outra!

ANTÔNIO

    É verdade, Caetano! Se tudo der certo, ficarei seu devedor para o resto da vida. Vá buscar o retirante.

Caetano entra na casa de Antônio.

INOCÊNCIA
> Pobre de meu filho!

ANTÔNIO
> Não se incomode não, minha mulher! O assassino dele vai pagar essa morte!

INOCÊNCIA
> Pagar! Pagar como? O sangue de meu filho já está na terra e eu estou sozinha de novo! Agora, é voltar a trabalhar. Mas como é que vou viver agora? Ninguém pode mais me pagar nada. O sangue de meu filho não tem preço que pague, seja ouro, prata ou diamante.

ANTÔNIO
> Mas tem o sangue, igual ao dele, que pode também molhar a terra! *(Entram CAETANO e INÁCIO.)* Ah, Inácio, você vem aí. Quando você me procurou, há pouco, não pude atender a seu pedido, como lhe disse, porque estou com a palavra empenhada. Agora, porém, surgiu uma oportunidade de me libertar dessa palavra. Se sucedeu o que estou pensando, estou livre: não só lhe darei o rifle que você pediu, como ajudarei você a matar Joaquim. Você quer tentar?

INÁCIO
> Quero.

ANTÔNIO

É coisa muito arriscada!

INÁCIO

Joaquim Maranhão matou seu filho e o meu. O seu, era homem feito, ainda podia se defender, o meu era um menino. O que me aparecer e me ajude a me vingar é bom!

ANTÔNIO

Então vou lhe explicar: daqui, você é a única pessoa que pode entrar na terra dele, porque não deu sua palavra. Eu estou desconfiado de que Joaquim faltou à dele e matou meu filho à traição. Mas a única pessoa capaz de esclarecer se isso realmente aconteceu está ali, trancada naquele quarto, e é preciso soltá-la.

INÁCIO

Quem é?

ANTÔNIO

Rosa, a mulher do meu filho.

INÁCIO

A filha de Joaquim Maranhão?

ANTÔNIO

Sim, é ela, mas se houve o que estou pensando ela está do nosso lado e contra o pai.

INÁCIO

Que é que devo fazer?

ANTÔNIO

Você terá que passar a cerca e abrir a janela do quarto, trazendo Rosa para cá.

INÁCIO

Está bem. O senhor me dá o rifle?

ANTÔNIO

Aí é que está o pior, porque se eu lhe der o rifle antes de sabermos tudo, estou quebrando minha palavra. Só Rosa pode me dar certeza de que Joaquim quebrou a dele. E só depois de ter certeza é que posso armar você.

INÁCIO

Está bem, ali tem um ferro que serviu para abrir a cacimba. Não é para me defender, é para abrir a janela. Eu vou, mesmo desarmado.

ANTÔNIO

Veja bem, não estou pedindo a você que vá, não tenho esse direito. Você vai arriscar sua vida desarmado. Não sei se eu mesmo teria coragem de ir assim.

INÁCIO

Mas eu vou. Vim aqui para vingar meu filho e, se o caminho que aparece é este, eu sigo por ele.

ANTÔNIO

Então vá e que Nossa Senhora proteja você.

INÁCIO pega uma alavanca perto da cova de FRANCISCO e passa a cerca, com os outros escondidos. Chegando à janela do quarto de ROSA, começa a arrombá-la. Acende-se e logo se apaga uma luz na casa de JOAQUIM.

CAETANO

Inácio, cuidado!

Todos correm e escondem-se atrás das paredes da casa de ANTÔNIO. INÁCIO, que ouviu o aviso, faz o mesmo na de JOAQUIM. DONANA aparece no terraço.

MANUEL

É Donana!

INOCÊNCIA

Ah, meu Deus, ele vai matá-la! Donana! Donana, volte! Entre em casa!

DONANA

Quem está aí?

INÁCIO, por trás dela, tapa-lhe a boca e dá-lhe uma pancada na cabeça.

ANTÔNIO

    Não, não, Inácio! Donana! Meu Deus! Traga a mulher aqui, Inácio.

INOCÊNCIA

    Donana! Está morta?

MANUEL

    Não, a pancada foi pequena.

ANTÔNIO

    (A INÁCIO.) Não há tempo a perder, volte imediatamente!

INÁCIO volta e continua a arrombar a janela.

INOCÊNCIA

    Donana!

DONANA

    Ai!

ANTÔNIO

    Está tornando! Silêncio, Donana, não faça barulho!

DONANA

    Quem é?

ANTÔNIO

    É Antônio. Estamos tentando soltar Rosa do quarto dela.

DONANA

    Rosa? Louvado seja Deus!

MANUEL

    A janela se abriu.

INÁCIO

    Dona Rosa!

ROSA

    (Aparecendo.) Quem é?

ANTÔNIO

    (Da cerca.) Rosa, é Antônio. Venha para cá, minha filha!

ROSA

    (Obedecendo.) Francisco! Onde está ele?

Antônio

    Francisco está morto, Rosa! Nós o enterramos ali.

ROSA

    Eu sei, foi meu pai!

ANTÔNIO

    Rosa, somente você viu o que se passou aqui. Você viu Francisco morrer?

ROSA

    Não, ele me mandou entrar em casa. Mas ouvi os tiros! Meu Deus! Francisco!

ANTÔNIO

    O rifle dele estava descarregado, minha filha! Como pode ter sucedido isso?

Rosa

Estava descarregado? O rifle? Então era isso! Agora eu compreendo tudo, o que Francisco me disse, o que me mandou fazer, por que obedeceu em tudo a meu pai! Meu pai faltou à palavra, meu tio! Passou a cerca, entrou na sua terra com Gavião e me tirou daqui à força. Quando Francisco quis reagir, disse que atirava na minha cabeça. Foi aí que Francisco deve ter descarregado o rifle e passado a cerca. Coitado, queria me convencer para que eu não morresse! Quando eu voltei, Francisco, certamente combinado com meu pai, me disse que ia ficar vivo! Ah, Francisco, por que você fez isso? Ele sabia que, se não dissesse assim, eu não aceitaria!

Antônio

Mas Francisco não lutou, não reagiu! Ele tinha todo direito, já que Joaquim tinha faltado à palavra!

Rosa

A culpa foi minha, posso dizer que matei Francisco! Eu me calei, não disse a ele que meu pai tinha me tirado à força, que tinha faltado à palavra! Meu pai me prometeu concordar com meu casamento, disse que deixaria eu fazer minha vida com Francisco, se eu não dissesse a ninguém que ele tinha faltado com a palavra. Eu acreditei em meu pai e me calei! Meu Deus, foi isso que matou Francisco!

ANTÔNIO

Não, minha filha, foi aquele desgraçado! Você não teve culpa, nem Francisco, nem eu! Quem podia imaginar que Joaquim faltasse à lei sagrada da palavra? Eu teria acreditado! Não admira que você, filha dele, acreditasse um pouco mais do que nós! Mas o que está feito, está feito! Era isso o que eu queria saber, e agora posso me vingar. Manuel! Caetano! Vamos juntar lenha e queimar essa casa amaldiçoada!

ROSA

É perigoso, meu tio! Meu pai tem mais gente do que o senhor, eu sei!

ANTÔNIO

Não posso pensar nisso, agora, o sangue de meu filho cairia sobre minha cabeça!

ROSA

E sobre a minha também! A morte dele quem vai vingar sou eu, meu tio. O senhor venha para cá e se esconda. Eu vou voltar para o lado de lá e chamar meu pai. Enquanto ele se informa de como eu saí do quarto, o senhor pode matá-lo.

INOCÊNCIA

Minha filha...

ROSA

Deixe, quero vingar a morte de Francisco!

Donana

    Joaquim mata você, minha filha!

Rosa

    Que é que eu tenho a perder, agora que Francisco está morto? Eu vou!

Antônio

    Está bem, vamos!

Inácio

    Senhor Antônio Rodrigues, o senhor vai me perdoar, mas quem vai sou eu!

Antônio

    Não!

Inácio

    Eu já estou com meu rifle e não estou pedindo isso ao senhor não, estou dizendo que vou! Quem vai matar Joaquim Maranhão sou eu.

Antônio

    Você fica, quem vai sou eu!

Inácio

    Meu filho morreu primeiro do que o seu, eu estou na frente. E se o senhor se meter, morre!

Antônio

    Saia da frente, meu filho! Você é muito mais moço do que eu e está vivo. Não se meta com um morto, que só está ainda no mundo para se vingar. Já estou no fim da vida, e não terei nada mais para mim senão essa morte.

INÁCIO

E eu terei outra coisa? Eu que nunca tive nada?

ANTÔNIO

Está bem, vamos então os dois. Você ficará encarregado da parte mais importante, que é a de emboscar Joaquim pelas costas. Vocês fiquem aqui, de olho. Está pronta, Rosa?

ROSA

Estou, meu tio! Francisco, eu vou vingá-lo!

ANTÔNIO

Pois é a hora, vamos!

Passam a cerca ROSA, ANTÔNIO e INÁCIO. ROSA posta-se junto da janela. Os outros dois escondem-se.

ROSA

Meu pai! Meu pai! Socorro!

JOAQUIM sai de casa, correndo, com um rifle.

JOAQUIM

Rosa! Que é isso? Que houve? Você saiu?

ROSA

Arrombaram a janela!

Joaquim

    Quem foi?

Rosa

    Não sei, estava deitada, quando ouvi um barulho e a janela se abriu.

Inácio, que tem vindo por trás, salta sobre Joaquim e desarma-o, ao mesmo tempo que Antônio aparece com o rifle apontado.

Joaquim

    Rosa! Você me traiu, desgraçada!

Rosa

    Não, meu pai, o que fiz foi vingar meu marido! Foi assim que o senhor o matou!

Antônio

    Você está perdido, Joaquim! Achei você agora, depois de ter me desencontrado muito tempo. E achei meu filho também, aqui, morto como um cachorro, sem poder se defender. O rifle estava sem balas, ele morreu desarmado. O mesmo vai lhe acontecer agora.

Joaquim

    Você passou a cerca e faltou à palavra!

ANTÔNIO

    E é você quem fala nisso, cachorro? Rosa me contou tudo, já sabemos quanto vale sua palavra. A minha, eu mantive até o fim.

JOAQUIM

    Você entrou aqui, para arrombar a janela!

INÁCIO

    Não! Quem entrou em sua terra e arrombou a janela fui eu, Joaquim Maranhão! Ainda se lembra de mim? Sou o pai do menino que você matou hoje. Voltei para me vingar e causei sua perdição. Era com isso que você não contava, tudo o mais estava pensado e garantido por você. Você, filho do diabo, sabia que os outros não faltariam à palavra e resolveu tirar toda a sua vantagem disso, faltando à sua. Foi assim, com a força dos filhos do diabo, que você venceu sempre, você, o poderoso, o forte. Mas se esqueceu de mim, que você tinha esmagado com a bota, na poeira da estrada. Eu me levantei da poeira para trazer a você sua morte. Eu também era dos fracos, Joaquim Maranhão, e, apesar de não ser ninguém, sou um filho de Deus e não faltaria à minha palavra. Acontece porém que eu, o fraco, eu, o pobre, não tinha dado essa palavra. Entrei aí, desarmado, e arrombei a janela. Fui eu que acabei com você, porque sua filha contou tudo. E quando ela chamou você, fui eu ainda que peguei você por trás e tomei seu rifle. Porque nós queremos que você morra como morreram meu filho e o dele: desarmado, sem poder fazer nada! Se quer rezar, reze, porque vai morrer!

JOAQUIM

Não, não quero rezar, não quero mais nada! Para quê? Vivi minha vida toda para essa filha. E, se é Rosa que leva Joaquim Maranhão à morte, que ele morra logo, porque não tem mais nada a fazer aqui. Está pronto?

ANTÔNIO

Estou.

JOAQUIM

Então vamos!

Sai, com ANTÔNIO e INÁCIO no seu encalço. Dois tiros.

ROSA

Meu pai!

Ajoelha-se. Entram ANTÔNIO e INÁCIO.

ANTÔNIO

Rosa, minha filha! O que tinha de se fazer, foi feito! O sol nasce já. Rosa! Venha, minha filha!

ROSA

Para onde?

INOCÊNCIA

Venha morar em nossa casa, nos baixios! Estas, nós mandaremos derrubar, para não ficar essa lembrança pesando sobre nós!

ROSA

Não, vá a senhora, minha tia, e o senhor também. E levem a minha avó. Quanto a mim, quero ficar aqui. Aqui, nesta casa cheia de mortos, marcada de sangue pelas paredes, e onde vou esperar a morte, apesar de eu mesma já estar morta. Vivi aqui sozinha, a vida inteira. Agora estou só de novo, mas cheia de mortos ao meu redor. Minha mãe, meu pai e meu marido, que morreram, os dois, por minha causa.

DONANA

Minha filha, estou com medo!

ROSA

Não, não tenha medo. Eu, nem o direito de morrer, tenho! Senão teria ido já fazer companhia a Francisco. Mas tenho que esperar pelo filho dele, filho que talvez nem exista, mas a quem devo o sacrifício de continuar vivendo. Mas não quero mais nada com o mundo!

DONANA

Rosa!

ROSA

    Com o mundo, nem com ninguém. Sou uma morta, solta na terra à espera da morte. Aqui hei de ficar. Adeus.

ANTÔNIO

    Então, adeus, Rosa!

ROSA

    Adeus.

INOCÊNCIA

    Adeus, minha filha!

ROSA

    Adeus. Cuide de minha avó.

DONANA

    Rosa...

ROSA

    Adeus, não quero mais ver ninguém!

DONANA

    Adeus, minha filha. Deus abençoe você!

ROSA

    Há de abençoar, minha mãe, para que eu possa suportar estes meses de espera com a coragem de não morrer. Adeus. *(Entram todos em casa de ANTÔNIO, menos ROSA, CAETANO e MANUEL.)* Já cobriram Francisco inteiramente?

CAETANO

    Não.

Rosa

Ele pediu para ficar aqui, não foi?

Manuel

Foi!

Rosa

Francisco! E você também, meu pai! Fui eu que matei todos dois. A um hei de me juntar, vingando, ao mesmo tempo, a morte do outro! Francisco! Ele me deu este punhal, foi a aliança de casamento que conheci. Um amor que começou desse jeito, como podia terminar senão assim? Então, com o punhal com que começou meu casamento, deve ele terminar. Francisco, já vou!

Apunhala-se.

Caetano

Moça!

Rosa

Peçam a Nossa Senhora para que minha morte seja perdoada!

Manuel

Acabou-se, morreu! Você sabia que ela estava com a faca!

Caetano

Não!

Entram todos, de volta.

ANTÔNIO

Que foi?

MANUEL

A moça se matou com o punhal de Francisco!

DONANA

Rosa, minha filha!

ANTÔNIO

Ela nos enganou, para ficar só. Deus a tenha em sua guarda! Ela deve ficar aqui, fazendo companhia a Francisco. Ah, meu Deus, tudo isso por um pedaço de terra, e agora, de que nos servirá ela? Vocês, cuidem do enterro. Donana fica comigo. Agora somos três mortos, cercados de mortos, como disse Rosa, todos à espera da morte, que já tarda a chegar.

Entram em casa, amparando DONANA.

CAETANO

Vamos terminar o que se tem a fazer. As mortes foram feitas, a terra está cavada. Vamos enterrar os que estão mortos.

MANUEL

    Eu não sabia o que vinha, mas estava esperando que acontecesse alguma coisa assim, desde que Cícero falou na história daquele touro, morto, com o sangue na estrada. Que coisa esquisita! Será que o mundo é assim mesmo? Foi para isso que nós nascemos?

CAETANO

    Agora, quem diz sou eu, companheiro: é melhor deixar essas coisas de mão. Cave e cante, é melhor. O dia já vem nascendo.

MANUEL

    Do céu me caiu um cravo,
    na copa do meu chapéu!
    Terá sido Minervina
    que vai subindo pro céu?

CAETANO

    Não, cante outra coisa. Isso, aí, parece até que é com esses dois que a gente está cantando.

MANUEL

    Então vamos cantar o verso de nós dois:

    Sou Manuel do Rio Seco,
    nascido em Taperoá.
    Tanto canto como planto,
    rezo, bebo e sei brigar.

Faça a morte que eu celebro,
cavo e enterro a quem pagar.

CAETANO
Nascido em Taperoá
é meu compadre Manuel.
Os defuntos que ele enterra
vão direto para o céu.
Já enterrou mais de cem velhas,
moças de capela e véu.

MANUEL
Moças de capela e véu... Está vendo? Não adianta, qualquer coisa que se cante, hoje, lembra a morte dos dois! É melhor ficar calado. E está pronto: a terra cobriu quem está morto. Terão eles se encontrado, afinal? Que é que você acha? Será que o pedido dela a Nossa Senhora foi atendido e seus pecados foram perdoados?

CAETANO
Nós logo saberemos, companheiro. Vamos embora; o dia nasceu.

Junto ao corpo de ROSA, aparece a figura de Nossa Senhora, com os braços abertos como se estivesse a envolvê-la com sua infinita piedade.

Cícero

E viu-se um grande sinal no Céu, uma Mulher Vestida de Sol, que tinha a Lua debaixo dos seus pés, e uma Coroa de doze Estrelas sobre a sua cabeça; e, estando prenhada, clamava com dores de parto, e sofria tormentos por parir.

Pano.

Recife, 12 de fevereiro a 23 de julho de 1947.

Reescrita de janeiro a março de 1958.

Nota Biobibliográfica
Carlos Newton Júnior

Poeta, dramaturgo, romancista, ensaísta e artista plástico, Ariano Vilar Suassuna nasceu na cidade da Paraíba (hoje João Pessoa), capital do estado da Paraíba, em 16 de junho de 1927. Filho de João Urbano Suassuna e Rita de Cássia Vilar Suassuna, nasceu no Palácio do Governo, pois seu pai exercia, à época, mandato de "Presidente", o que correspondia ao atual cargo de Governador. Terminado seu mandato, em 1928, João Suassuna volta ao seu lugar de origem, o sertão, fixando-se na fazenda "Acauhan", no atual município de Aparecida. Em 9 de outubro de 1930, quando Ariano contava apenas três anos de idade, João Suassuna, então Deputado Federal, é assassinado no Rio de Janeiro, vítima das cruentas lutas políticas que ensanguentaram a Paraíba, durante a Revolução de 30. É no sertão da Paraíba que Ariano passa boa parte da sua infância, primeiro na "Acauhan", depois no município de Taperoá, onde irá frequentar escola pela primeira vez e entrará em contato com a arte e os espetáculos populares do Nordeste: a cantoria de viola, o mamulengo, a literatura de cordel etc. A partir de 1942, sua família fixa-se no Recife, onde Ariano iniciará a sua vida literária, com a publicação do poema "Noturno", no *Jornal do Commercio*, a 7 de outubro de 1945. Ao ingressar na Faculdade de Direito do Recife, em 1946, liga-se ao grupo de estudantes que retoma, sob a liderança de Hermilo Borba Filho, o Teatro do Estudante de Pernambuco (TEP). Em 1947, escreve sua primeira peça de teatro, a tragédia *Uma Mulher Vestida de Sol*. No ano seguinte, estreia em palco com outra tragédia, *Cantam as Harpas de Sião*, anos depois reescrita sob o título *O Desertor de Princesa* (1958). Ainda estudante de Direito, escreve mais duas peças, *Os Homens de Barro* (1949) e o *Auto de João da Cruz* (1950). Em 1951, já formado, e novamente em Taperoá, para onde vai a fim de curar-se do pulmão, escreve e encena o entremez para mamulengos *Torturas de um Coração*. Esta peça em um ato, seu primeiro trabalho ligado ao cômico, foi escrita e encenada para receber a sua então noiva Zélia de Andrade Lima e alguns familiares seus que o foram visitar. Após *Torturas*, escreve mais uma tragédia, *O Arco Desolado* (1952), para então dedicar-se às comédias que o deixaram famoso: *Auto da Compadecida* (1955), *O Casamento Suspeitoso* (1957), *O Santo e a Porca* (1957), *A Pena e a Lei* (1959) e *Farsa da Boa Preguiça* (1960). A partir da encenação, no Rio de Janeiro, do *Auto da Compadecida*, em janeiro de 1957, durante o "Primeiro Festival de Amadores Nacionais", Suassuna é alçado à condição de um dos nossos maiores dramaturgos. Encenado em diversos países, o *Auto da Compadecida* encontra-se editado em vários idiomas, entre os quais o alemão, o francês, o inglês, o espanhol e o italiano, e recebeu, até hoje, três versões para o cinema. Em 1956, escreve o seu primeiro romance, *A História do Amor de Fernando e Isaura*, que permanecerá inédito até 1994. Também em 1956, inicia carreira docente na Universidade do Recife (atual Universidade Federal de Pernambuco), onde irá lecionar diversas disciplinas ligadas à arte e à cultura até aposentar-se, em 1989. Em 1960, forma-se em Filosofia pela Universidade Católica de Pernambuco. A 18 de outubro de 1970, na condição de diretor do Departamento de Extensão Cultural da Universidade Federal de Pernambuco, lança oficialmente, no Recife, o Movimento Armorial, por ele idealizado para realizar uma arte brasileira erudita a partir da cultura popular. Passa, então, a ser um grande incentivador de jovens talentos, nos mais diversos campos da arte, fundando grupos de música, dança e teatro, atividade que desenvolverá em paralelo ao seu trabalho de escritor e professor, ministrando aulas na universidade e "aulas--espetáculo" por todo o país, sobretudo nos períodos em que ocupa cargos públicos na área da cultura, à frente da Secretaria de Educação e Cultura do Recife (1975-1978) e, em duas ocasiões, da Secretaria de Cultura de Pernambuco (1995-1998 / 2007-2010). Em 1971, é publicado o *Romance d'A Pedra do Reino e o Príncipe do Sangue do Vai-e-Volta*, um longo romance escrito entre 1958 e 1970, e cuja continuação, a *História d'O Rei Degolado nas Caatingas do Sertão — Ao Sol da Onça Caetana*, sairá em livro em 1977. Na primeira metade da década de 1980, lança dois álbuns de "iluminogravuras", pranchas em que procura integrar seu trabalho de poeta ao de artista plástico, contendo sonetos manuscritos e ilustrados, num processo que associa a gravura em offset à pintura sobre papel. Em 1987, com *As Conchambranças de Quaderna*, volta a escrever para teatro, levando ao palco Pedro Dinis Quaderna, o mesmo personagem do seu *Romance d'A Pedra do Reino*. Em 1990, toma posse na Academia Brasileira de Letras, ingressando, depois, nas academias de letras dos estados de Pernambuco (1993) e da Paraíba (2000). Faleceu no Recife, a 23 de julho de 2014, aos 87 anos, pouco tempo depois de concluir um romance ao qual vinha se dedicando havia mais de vinte anos, o *Romance de Dom Pantero no Palco dos Pecadores*.

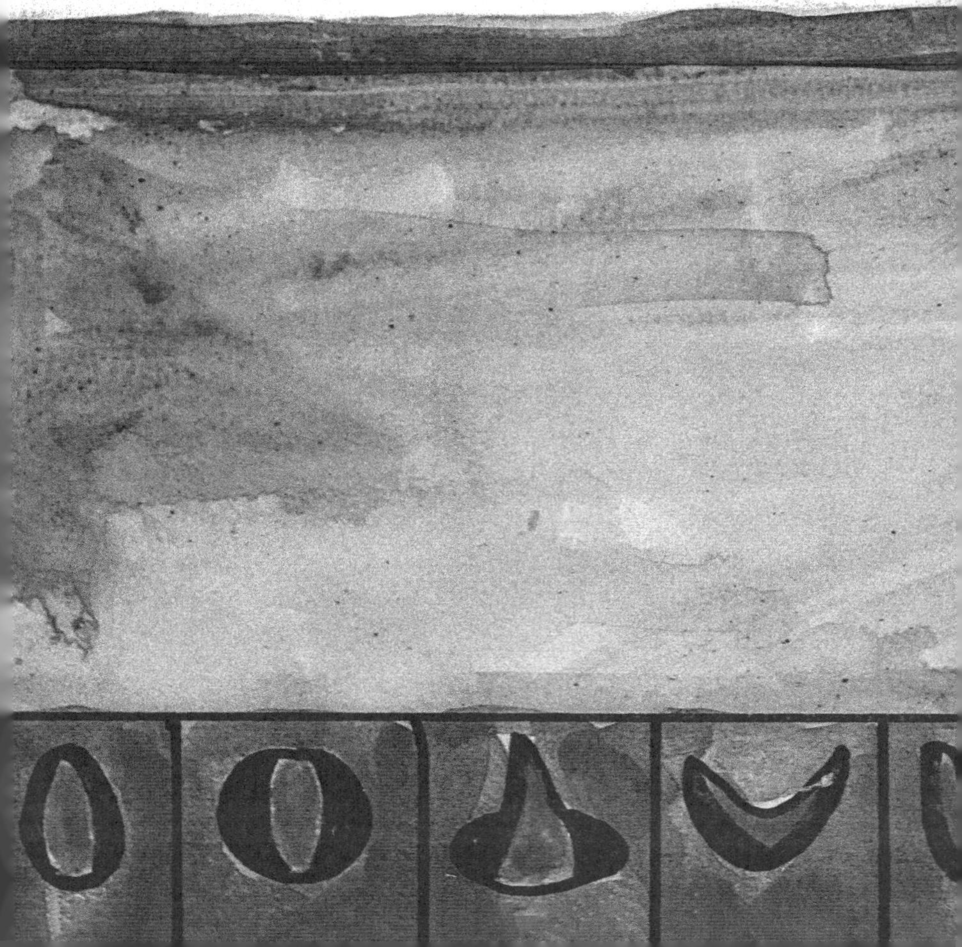

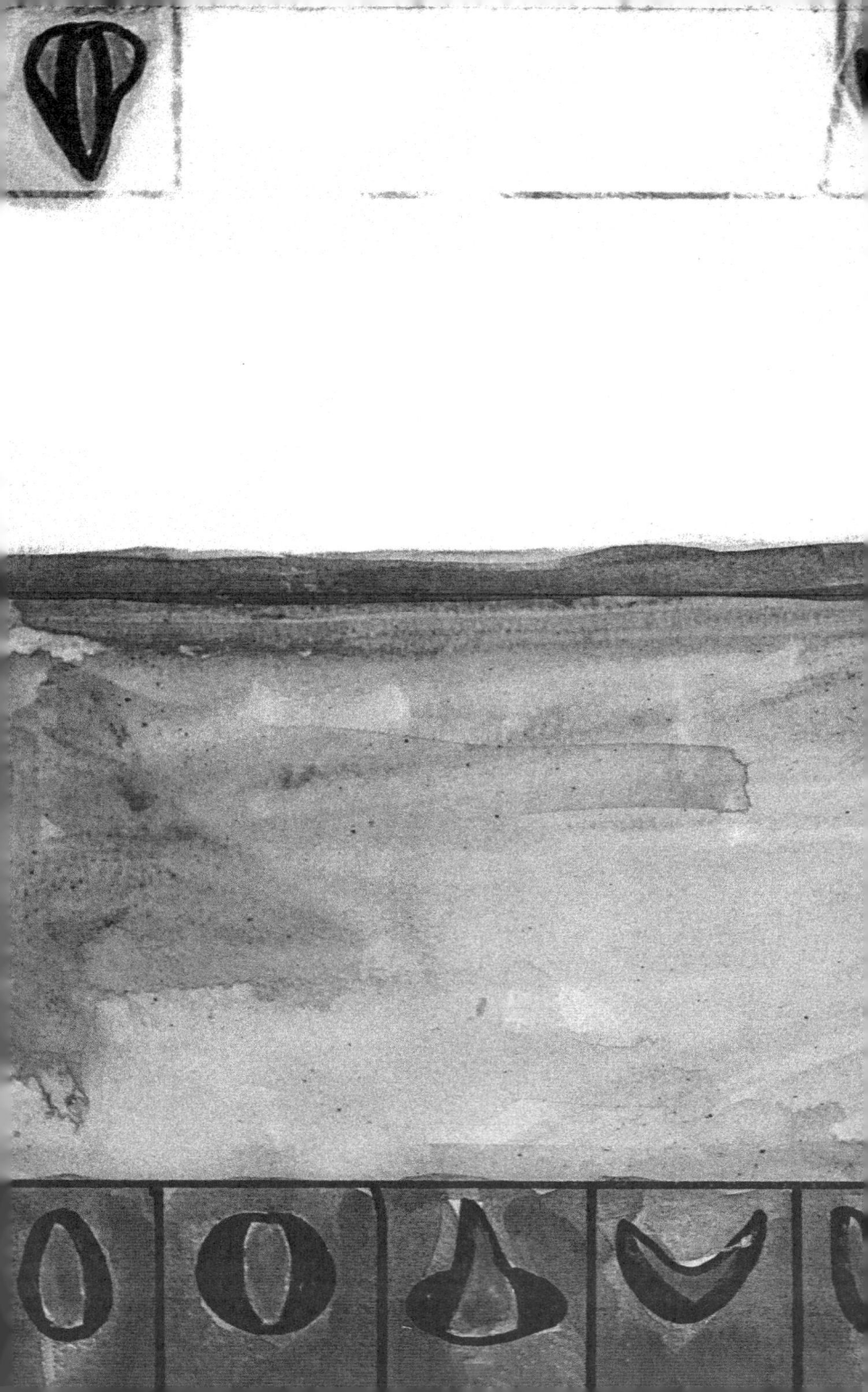

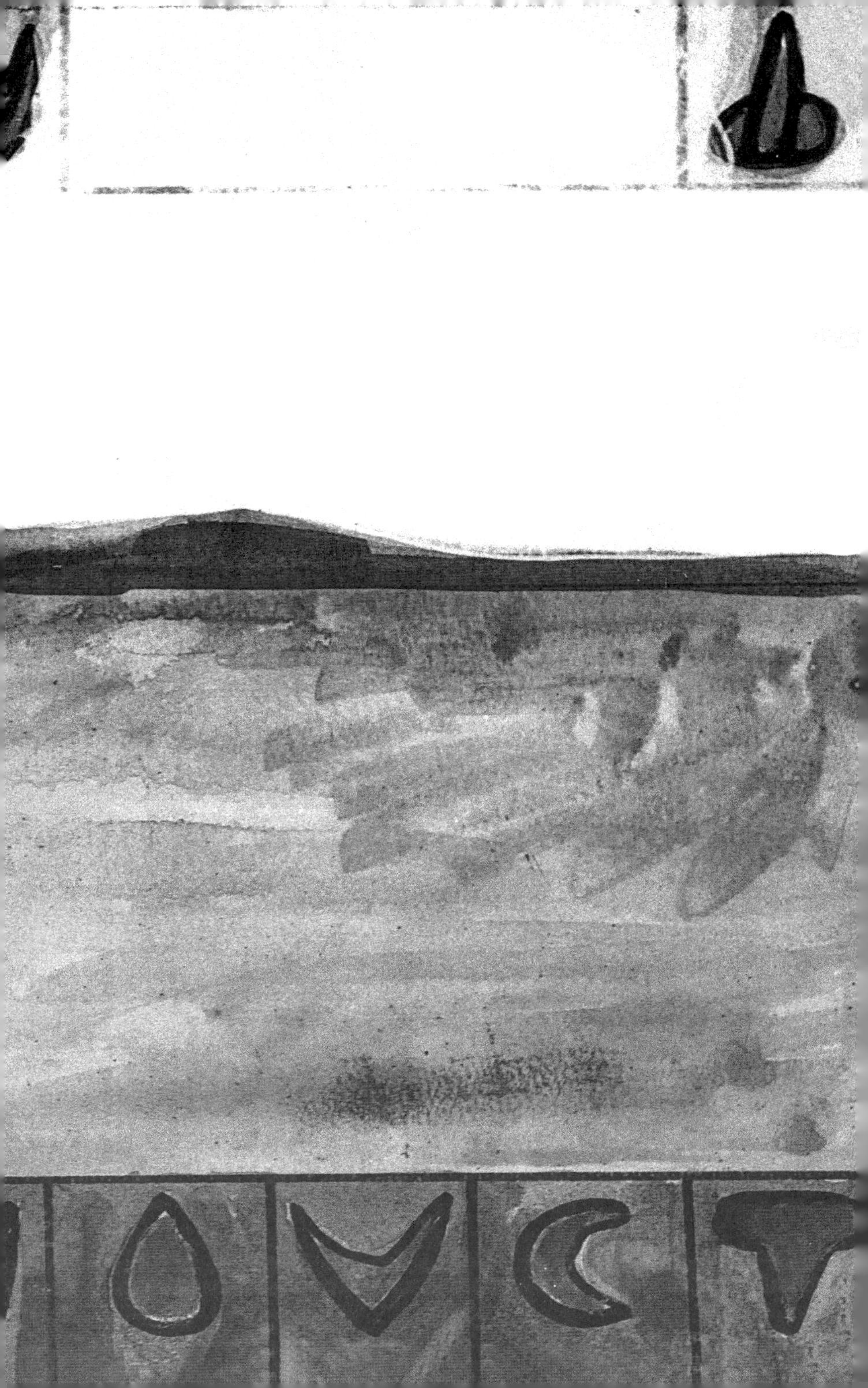

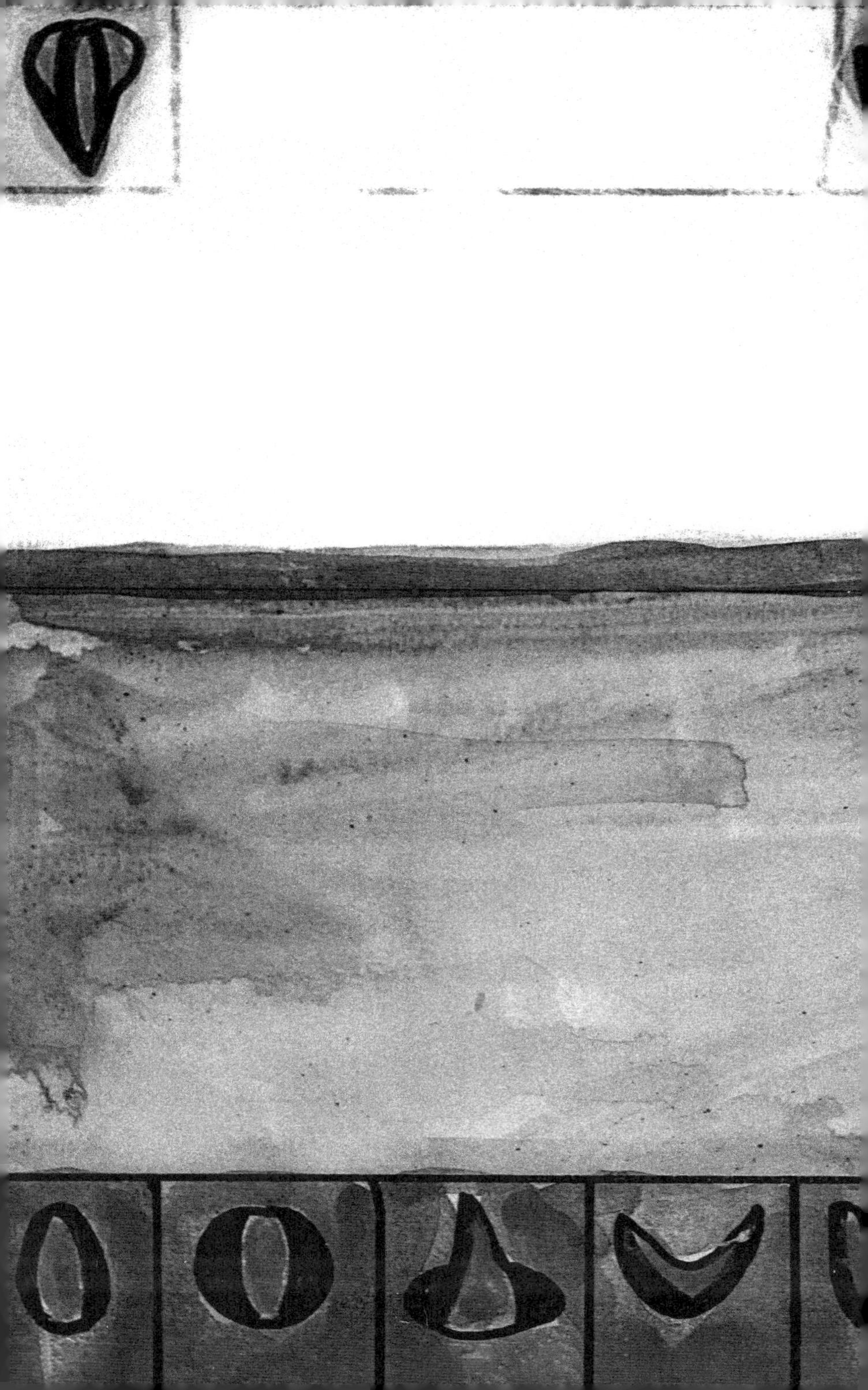

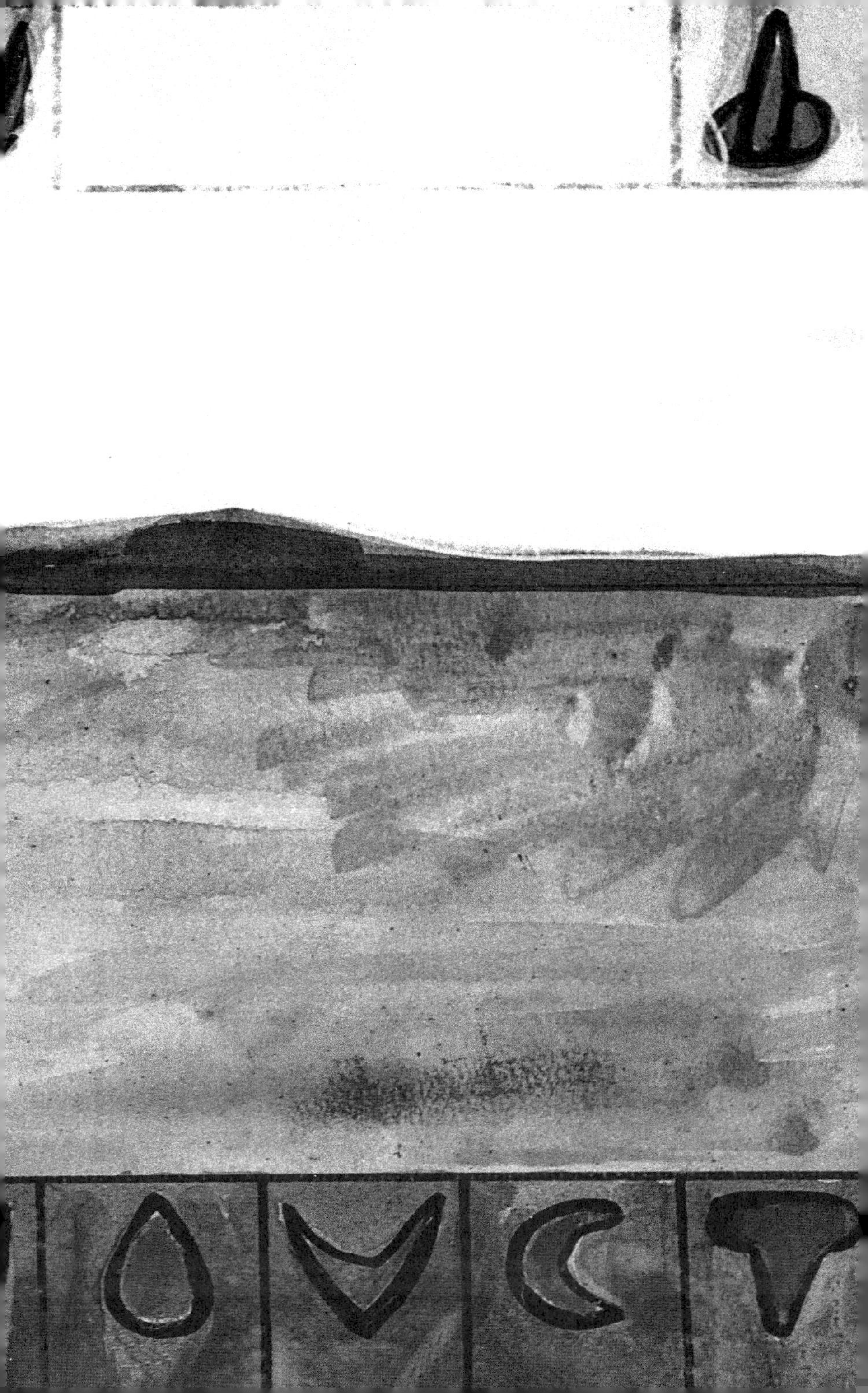

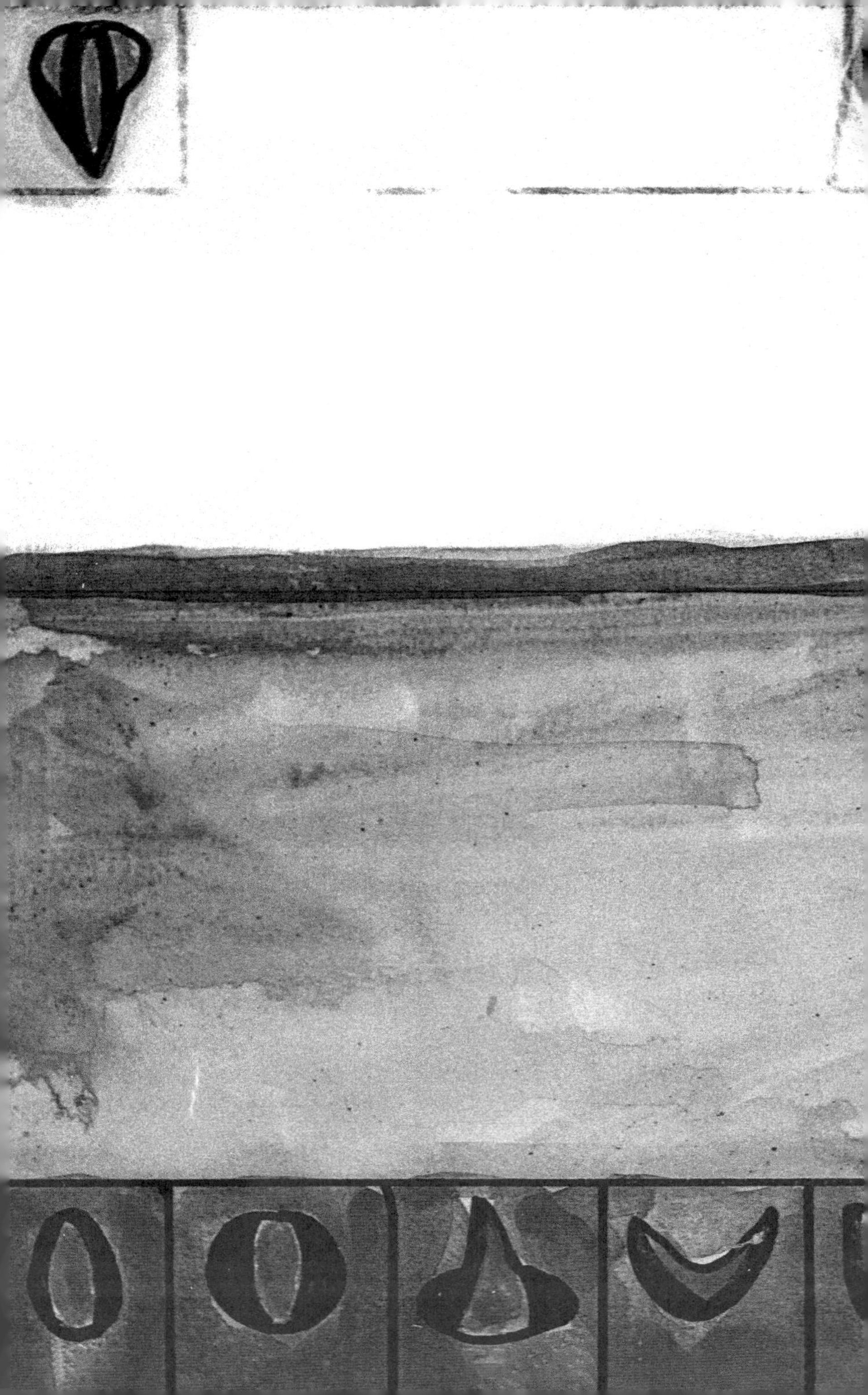

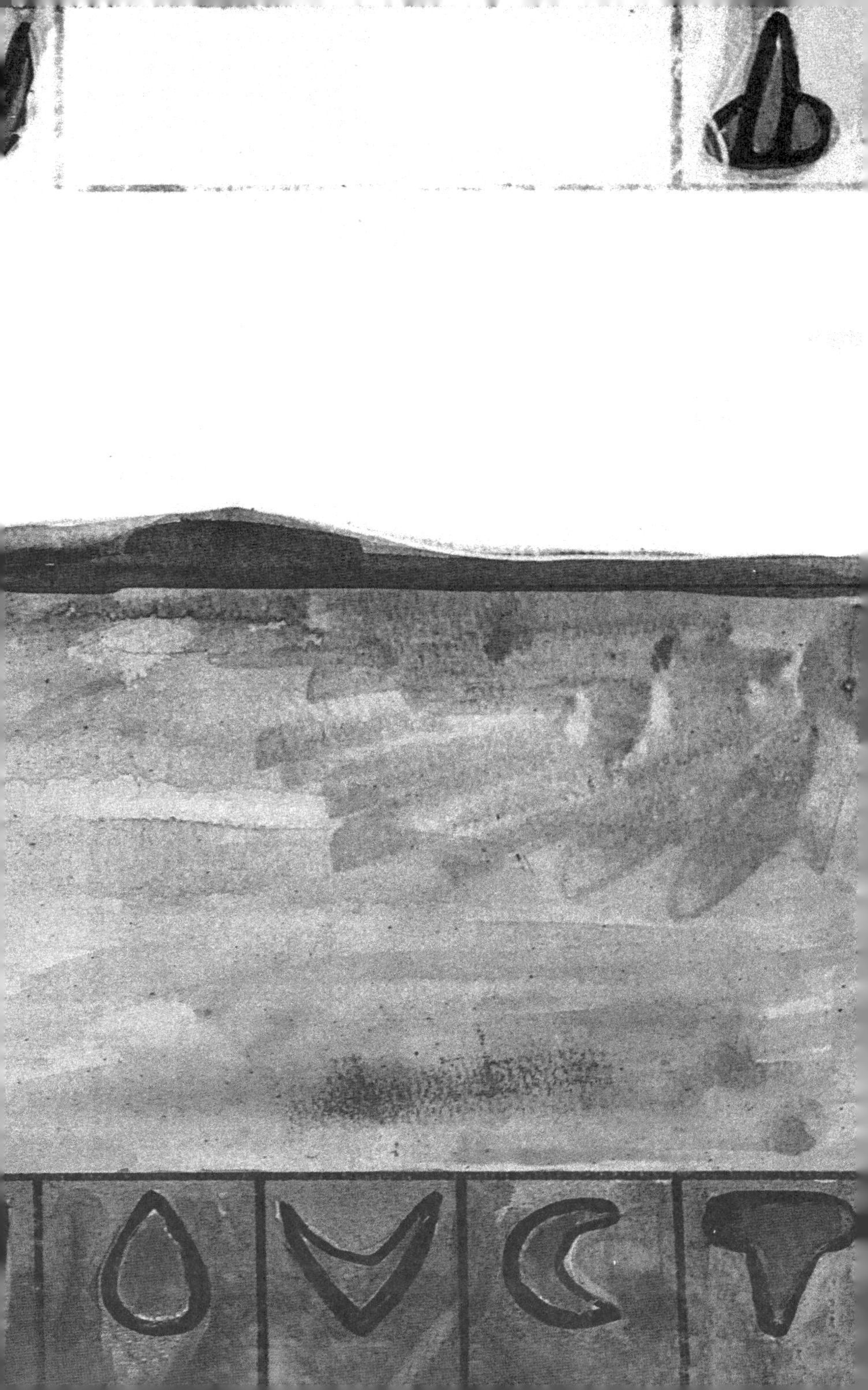

DIREÇÃO EDITORIAL
Daniele Cajueiro

EDITORA RESPONSÁVEL
Janaína Senna

PRODUÇÃO EDITORIAL
Adriana Torres
Laiane Flores
Daniel Dargains

FIXAÇÃO DE TEXTO E NOTA BIOBIBLIOGRÁFICA DO AUTOR
Carlos Newton Júnior

REVISÃO
Alessandra Volkert
Alvanísio Damasceno

DIREÇÃO DE ARTE
Manuel Dantas Suassuna

REPRODUÇÃO FOTOGRÁFICA DAS ILUSTRAÇÕES
Leo Caldas

CAPA E PROJETO GRÁFICO
Ricardo Gouveia de Melo

DIAGRAMAÇÃO
Filigrana

Este livro foi impresso em 2022
para a Nova Fronteira.